Kucing Schrödinger

Dunia Kuantum Puisi

Translated to Indonesian from the English version of
Schrödinger's Cat

Devajit Bhuyan

Ukiyoto Publishing

Semua hak penerbitan global dipegang oleh

Ukiyoto Publishing

Diterbitkan di 2023

ISBN 9789360169336

www.ukiyoto.com

Didedikasikan untuk Erwin Schrodinger, Max Planck, dan Warner Heisenberg, tiga penemu Fisika Kuantum

Isi

Kucing Schrödinger

Kita berada di dalam kotak hitam yang dibatasi oleh ruang, waktu, materi, dan energi

Dalam domain ruang dan waktu, kita sibuk melakukan konversi untuk sinergi

Selain itu, kita juga mengubah energi menjadi materi melalui akumulasi lemak tubuh

Tapi dalam batas-batas kotak hitam, hidup kita berakhir dan semuanya beristirahat

Tidak ada yang tahu apa yang ada di luar kotak hitam di galaksi yang tak terbatas ini

Tidak ada teknologi untuk verifikasi fisik, apa yang ada di ujung alam semesta

Kerahasiaan di luar kotak hitam, kekuatan yang tidak diketahui melestarikan

Kita bisa mengeluarkan kucing Schrodinger keluar dari kotak

Meski begitu, untuk keluar dari paradoks, tidak akan mudah dan sederhana

Untuk mengetahui kebenaran hakiki dari kehidupan, manusia akan selalu menghadapi masalah.

Entropi Akan Membunuh

Entropi alam semesta meningkat dari hari ke hari, saya bisa merasakannya

Tapi kita tidak memiliki mesin atau metode untuk memperlambatnya

Kita juga tidak memiliki hukum fisika untuk menciptakan mesin untuk menghancurkan

Mengetahui kebenaran saja tidak cukup, kita perlu solusi

Setiap hari di depan kita terjadi kehancuran yang tidak diinginkan

Untuk meningkatkan entropi, setiap bulan populasi manusia meningkat

Proses entropi yang tidak dapat diubah dapat segera menjadi maksimum

Umat manusia dan hewan tertinggi, akan dipaksa untuk bermigrasi ke bulan

Jangan menertawakan generasi tua, tidak cukup pintar tanpa plastik

Setidaknya, fenomena peningkatan entropi, tidak sederhana.

Dualitas Energi Materi

Dualitas materi dan energi sangat sederhana

Setiap saat milyaran bintang melakukannya

Galaksi datang ke dalam keberadaan sebagai materi

Dan materi galaksi lenyap sebagai energi

Tapi penjumlahan semua materi dan energi adalah nol

Di antaranya, antimateri dan energi gelap adalah pahlawan yang tidak diketahui

Setiap saat kita bermain dengan materi dan energi

Tapi masih jauh dari menciptakan teknik sederhana

Dalam domain ruang dan waktu, keberadaan kita terbatas

Suatu hari kita belajar teknologi sederhana untuk mengubah materi dan energi

Hambatan ruang dan waktu tidak akan tetap tak terbatas

Tuhan akan berada di dalam kotak Schrödinger bersama kucing

Alam semesta mungkin akan dikuasai oleh robot-robot cerdas buatan, yang disebut kelelawar terbang.

Alam Semesta Paralel

Agama mengatakan sejak dahulu kala tentang keberadaan alam semesta paralel

Fisika dan komunitas ilmiah mengatakannya sebagai khayalan dan ketidaktahuan

Ketika fisika semakin dalam dan tidak mampu menjelaskan banyak fenomena alam

Sekarang, mereka mengatakan bahwa untuk menjelaskan hal tersebut, alam semesta paralel adalah penjelasannya

Tapi untuk pemikiran yang sudah berusia ribuan tahun, para ilmuwan tidak akan memberikan pengakuan

Fisika partikel, fisika subatom itu sendiri adalah sebuah pemikiran filosofis

Dikuatkan oleh eksperimen ilmiah, hanya setelah melewati beberapa dekade

Namun, filosofi yang sama dijelaskan dalam format bahasa yang berbeda, mereka menolak

Ini adalah sindrom berpikir kotak hitam dari komunitas ilmiah

"Apa yang tidak kita ketahui bukanlah pengetahuan" tidak dapat diterima dalam sains

Setelah alam semesta paralel, jika terbukti, karena menghakimi, mereka akan tetap diam.

Pentingnya Pengamat

Ketika kita membuka kotak Schrödinger dalam cakrawala waktu

Kucing di dalam kotak mungkin hidup atau mati dan merupakan masalah probabilitas

Tidak ada pengamat dari luar yang dapat memprediksinya dengan yakin dan pasti

Tetapi ketika kita mengamati situasinya kemungkinan besar akan berbeda

Itulah sebabnya, untuk horison peristiwa, pengamat itu penting

Dalam eksperimen celah ganda, partikel berperilaku berbeda ketika diamati

Mengapa hal itu terjadi pada partikel yang terjerat, tidak ada penjelasan dalam hal ini

Informasi antara partikel yang terjerat bergerak lebih cepat dari cahaya

Jadi, di masa depan, komunikasi dengan exoplanet dan alien akan semakin terbuka lebar.

Kecerdasan Buatan

Tidak ada pompa seperti jantung, yang dibutuhkan untuk memompa air ke atas pohon kelapa

Mesin tidak dapat mengumpulkan madu dari bunga sawo seperti lebah

Dari tanah yang sama, tanaman dapat menghasilkan rasa manis, asam, dan pahit

Untuk kecerdasan buatan, ini akan menjadi permainan yang berbeda untuk dimainkan di ring alam

Jika semuanya dilakukan oleh robot dengan kecerdasan buatan dan tenaga surya

Tidak ada tujuan atau alasan untuk hidup di planet bumi bagi manusia selamanya

Ini adalah waktu yang tepat bagi manusia untuk melakukan perjalanan ke planet dan Galaksi lain

Kita harus mencoba menandatangani kode genetik baru untuk tubuh yang abadi

Saya tidak tertarik untuk hidup tanpa batas waktu di bawah komputer yang cerdas

Biarkan saya mati dengan pemikiran independen hari ini, bahkan jika waktu tidak mengingatnya.

Jangan Melanggar Dimensi Waktu

Di alam semesta yang tak terbatas, kecepatan cahaya terlalu lambat

Hal ini mungkin merupakan tindakan pencegahan untuk melindungi individualitas planet

Agar alien dan manusia tidak sering berperang.

Peradaban lain mungkin berkembang di bintang-bintang yang jaraknya milyaran tahun cahaya

Bepergian lebih cepat dari cahaya mungkin tidak baik untuk masa depan homo sapiens

Jangan sampai kita merusak katup pengaman kecepatan tanpa mengetahui konsekuensinya

Terowongan dalam dimensi waktu akan membuat peradaban terbalik

Bahkan vaksin covid19 yang digunakan untuk menghadapi virus, sekarang menciptakan malapetaka kesehatan

Pemuda yang sehat sekarat tanpa sebab dari kawanan kita

Setengah pengetahuan lebih buruk daripada ketidaktahuan atau tidak ada pengetahuan sama sekali

Dengan menembus kecepatan cahaya, dan terowongan waktu, homo sapiens bisa jatuh.

Sekali Waktu

Dahulu kala, orang berpikir bahwa matahari bergerak mengelilingi matahari

Tenggelam di lautan di malam hari dan keluar lagi di pagi hari

Matahari membutuhkan izin dari Tuhan setiap pagi untuk keluar

Betapa bodoh dan tidak ilmiahnya, orang-orang pada zaman primitif itu

Selama jutaan tahun orang tidak tahu cara membuat bom nuklir

Adalah baik bahwa mereka membangun piramida, monumen dan makam besar

Jika tidak, kita tidak akan mencapai masa peradaban modern

Pada abad pertengahan, peradaban manusia akan terlupakan

Setelah kami diajarkan tentang Eather (eter) yang melaluinya cahaya merambat

Sekarang para ilmuwan berpikir, terlalu hampa adalah mereka yang disebut fisikawan

Hari ini tidak ada yang tahu teori big-bang, steady-state, multi ayat atau string, yang mana yang benar

Tapi dengan teori keadaan mapan, tidak ada awal atau akhir kosmos, agama-agama sangat ketat

Planet, bintang, dan galaksi lahir dan mati seperti manusia

Bagi manusia, skala waktu dan dimensi yang berbeda, adalah hal yang berbeda.

Persamaan Tuhan

Apakah kita hanya tumpukan atom seperti benda hidup dan benda mati lainnya?

Atau kombinasi atom-atom dalam tubuh manusia benar-benar berbeda dari yang lain

Hanya kombinasi atom yang berbeda yang tidak dapat menanamkan kesadaran

Dengan manusia, robot dan komputer dengan kecerdasan buatan memiliki perbedaan

Setelah kita diberitahu bahwa atom adalah partikel terkecil yang pernah ada

Proton positif, neutron netral, dan elektron negatif adalah dasar-dasarnya

Sekarang, saat kita masuk lebih dalam dan lebih dalam lagi, kita tahu bahwa hal ini tidak benar

Partikel dasar bisa berupa foton, boson, atau hanya getaran dawai

Beberapa ilmuwan mengatakan bahwa materi mungkin hanya berupa informasi

Yang digabungkan sesuai kode untuk memberikan representasi yang berbeda

Tapi mengenai kesadaran dan asalnya, kita tidak memiliki solusi

Mari kita senang makan apel dan anggur yang terbuat dari itu

Sampai para ilmuwan menemukan persamaan Tuhan, di mana semuanya akan cocok.

Perdebatan Filsuf

Perdebatan para filsuf, telur yang lebih dulu ada, atau burung yang lebih dulu ada

Logika untuk kedua belah pihak sama kuat dan kuatnya

Dalam hal materi dan energi, tidak ada perdebatan seperti itu

Dari energi, alam semesta terbentuk adalah fakta yang nyata

Energi tidak dapat diciptakan atau dimusnahkan adalah paradigma lama

Konsep dualitas energi-materi sudah lama dikatakan Einstein

Materi dan sifat gelombang partikel juga terungkap

Dengan terlalu banyak partikel fundamental atau elementer adalah keberadaan

Mengenai blok bangunan utama dari alam semesta pendapat selalu berbeda

Mustahil untuk mengurung mahakuasa seperti kucing Schrödinger

Sampai kita mengurung kucing itu, biarkan kita makan, tersenyum, mencintai, dan berjalan untuk kematian yang lebih baik.

Aku Terus Bergerak Dan Terus

Alam semesta mengembang tanpa henti

Saya juga terus bergerak dalam perjalanan saya

Terkadang sinar matahari, terkadang hujan

Terkadang guntur dan terkadang badai

Tapi saya tidak pernah berhenti, terus dan terus;

Perjalanan selalu tidak mulus dan mudah

Duri-duri yang menancap di jari-jari kaki saya, saya singkirkan sendiri

Di mana tidak ada jembatan untuk menyeberangi sungai

Saya membuat perahu saya sendiri dan menyeberanginya

Tapi saya tidak pernah berhenti, terus dan terus;

Kadang-kadang di malam yang paling gelap, saya kehilangan arah

Namun, kunang-kunang menunjukkan jalan untuk melanjutkan perjalanan

Di jalan yang licin, saya sempat terjatuh beberapa kali

Dengan cepat saya berdiri dan melihat ke bintang-bintang yang berkelap-kelip

Tapi saya tidak pernah berhenti, melainkan terus berjalan;

Tidak pernah mencoba mengukur jarak yang telah saya tempuh

Tanpa menghitung untung dan rugi, selalu bergerak maju

Tidak ada harapan untuk mendapatkan dorongan dari para pengamat

Tidak pernah membuang-buang waktu dengan orang-orang yang macet, melakukan kesalahan

Sejak lama, saya menyadari, dalam hidup ini tidak ada yang permanen, perjalanan adalah hadiahnya.

Permainan Tuhan dan Fisika

Gravitasi, elektromagnetisme, kekuatan nuklir yang kuat dan lemah adalah dasar

Itulah alasannya, mengapa alam semesta itu dinamis dan tidak diam atau statis

Materi, energi, ruang, dan waktu dalam empat dimensi ini, sang pencipta bermain

Ada dimensi yang belum ditemukan juga ada, para ilmuwan sekarang mengatakan

Alasan keberadaan energi gelap dan perilakunya masih belum diketahui

Meskipun otak manusia identik, kesadaran masing-masing berbeda

Untuk keberadaan alam semesta dan juga Tuhan, kesadaran itu penting

Keterikatan kuantum tidak mengikuti batas kecepatan maksimum

Perjalanan waktu dan perjalanan ke galaksi lain, memungkinkan keterikatan

Ketika kita masuk lebih dalam dan lebih dalam lagi, semakin banyak pertanyaan yang akan muncul

Permainan antara fisika dan Tuhan benar-benar lucu dan menyenangkan.

Pernah Ada Mesin yang Disebut Teleks

Suatu hari nanti generasi baru akan meragukan, ada PCO untuk panggilan telepon

Mesin teleks dan faks, meskipun telah kami gunakan, sekarang kami terkejut

Warnet mati di depan mata kita, tanpa ada pemberitahuan

Tapi orang miskin yang mengemis di depan kafe kopi masih ada

Kotak suara besar pemutar kaset dan CD sekarang ditinggalkan di rumah

Tetapi kotak suara dan sistem alamat publik bertahan dari waktu ke waktu

Padahal, untuk komunikasi, internet, media sosial adalah yang utama

Teknologi selalu ada untuk hari esok yang lebih baik dan untuk meningkatkan kehidupan

Tapi itu tidak bisa mengurangi jumlah perceraian antara suami dan istri

Bahkan di puncak peradaban modern, kemiskinan dan kelaparan tetap ada

Di banyak negara, pola pikir banyak orang tidak rasional dan rasis

Fisika dan teknologi tidak memiliki jawaban, bagaimana cara menghentikan perang dan kejahatan

Mengembangkan teknologi untuk dunia yang damai dan meningkatkan persaudaraan adalah yang utama.

Pikiranku

Pikiranku tidak pernah mengizinkanku untuk cemburu
Pikiranku tidak pernah mengizinkanku untuk tidak berperasaan
Kemarahan dan kebencian bukanlah secangkir tehku
Lebih baik saya tinggal dalam kesendirian di dekat laut
Kedamaian dan ketenangan yang selalu saya sukai
Daripada bertengkar, persaudaraan lebih baik
Dari kekerasan, saya selalu berusaha menjauh
Untuk kebenaran dan kejujuran, saya siap membayar
Orang-orang yang korup, saya berusaha untuk menjauh
Saya menderita banyak kecemasan dan ketegangan
Untuk melindungi lingkungan, saya tidak punya solusi
Perang dan polusi membuat saya depresi
Kesehatan mental umat manusia mengalami kemerosotan.

Jika Multiverse Itu Benar

Jika multiverse dan teori alam semesta paralel benar adanya

Maka keberadaan manusia di bumi ada petunjuknya

Peradaban yang paling maju mungkin telah menggunakan bumi sebagai penjara

Manusia adalah hewan yang paling kejam, itu mungkin alasannya

Unsur-unsur buruk dari peradaban yang baik diangkut ke dunia

Peradaban yang maju kemudian menyingkirkan lipatan buruk dan jahat

Manusia ditinggalkan di bumi di hutan dengan monyet

Tanpa alat atau alat bantu, manusia yang jahat memulai kehidupan lagi

Setelah kematian generasi pertama, ada kerusakan informasi lama

Bayi yang baru lahir di dunia harus memulai kembali masalah kehidupan mereka

Meskipun peradaban bergerak dan berkembang pesat

Dengan DNA orang jahat dan penjahat, masyarakat manusia masih membusuk

Peradaban yang maju tidak akan pernah memungkinkan manusia untuk menjangkau mereka

Mereka tahu, DNA buruk dari nenek moyang lama akan kembali mencoba untuk menghancurkan kepemimpinan mereka.

Gesekan

Sangat sedikit yang tahu bahwa koefisien gesekan itu adalah mengerut

Tanpa gesekan, di planet ini, kehidupan tidak dapat diperbarui

Penciptaan kehidupan dimulai dengan gesekan organ pria dan wanita

Melalui gesekan, bayi yang baru lahir datang dengan slogan-slogan yang menangis

Tanpa gesekan, api tidak dapat menunjukkan nyalanya

Api mengubah seluruh permainan peradaban manusia

Roda tidak dapat bergerak maju tanpa gaya gesekan

Untuk menghentikan kendaraan Anda yang melaju kencang, gesekan adalah sumber utamanya

Jika tidak ada gesekan, jet jumbo Anda tidak akan berhenti di landasan pacu

Lepas landas dari pesawat tempur untuk mengebom kota akan jauh

Gesekan pikiran menyebabkan terciptanya banyak epos

Seperti gravitasi, gesekan juga merupakan kekuatan alami yang mendasar

Gesekan ego itu berbahaya dan menyebabkan perang besar

Yang dapat membawa peradaban manusia ke arah bahaya besar

Gesekan ada yang baik dan buruk, tergantung pada penggunaannya

Tanpa gesekan, kehidupan di planet ini akan punah, bumi tidak akan ada yang bisa memanfaatkannya.

Apa yang Kita Ketahui Tidak Ada Apa-apanya

Apa yang diketahui fisika hanyalah puncak gunung es

Apa yang tidak diketahui fisika adalah fisika yang sebenarnya

Energi gelap dan materi gelap, mengendalikan dinamika yang sebenarnya

Apa yang kita ketahui tentang materi, energi, dan waktu hanyalah dasar

Batas alam semesta tidak diketahui dan bersifat ilusif

Apakah antimateri dan alam semesta paralel itu nyata tidak diketahui

Beberapa ribu tahun yang lalu, konsep multisemesta muncul

Sebelum Big-Bang juga sudah ada galaksi yang sekarang kita kenal

Kemajuan fisika sangat cepat, tetapi dalam domain waktu lambat

Alam semesta mengembang dengan laju yang lebih cepat dari pengetahuan kita

Kita hanya mengetahui sedikit sekali tentang alam semesta dan keluasannya, kita harus mengakui itu.

Hari Baik Kebenaran Akan Datang

Ketika kita akan mampu melakukan perjalanan lebih cepat dari cahaya

Masa depan peradaban manusia akan cerah

Dari planet yang jauh, milyaran tahun cahaya jauhnya

Kesalahan apa yang terjadi di masa lalu yang bisa kita katakan dengan mudah

Kisah sejati Buddha, Yesus, Muhammad akan terungkap

Tidak ada yang salah dalam buku-buku agama yang akan menang

Jalan menuju kebenaran di masa depan akan kokoh, dan kebohongan tidak akan pernah bertahan

Jalan kebenaran, kepercayaan dan komitmen, akan dipertahankan oleh orang-orang

Orang-orang jahat dan penjahat, pemerintah dunia akan menahannya

Mereka akan dideportasi ke penjara yang jaraknya milyaran tahun cahaya.

Diferensiasi dan Integrasi

Ketika kita membedakan manusia terus dan terus

Kita akhirnya mendapatkan monyet yang memakan buah di pohon

Tetapi ketika kita mengintegrasikan manusia primitif terus dan terus

Kita akhirnya mendapatkan Buddha, Yesus, dan Einstein

Jadi, integrasi lebih penting daripada diferensiasi

Integrasi adalah jalan menuju penemuan kebenaran dan solusi masalah

Diferensiasi adalah gerakan mundur dan kemudian kehancuran

Gen manusia tahu tentang seleksi alam yang terkuat

Namun, untuk meraih supremasi dan menang dengan cara yang tidak alami, mereka menjadi kejam

Manipulasi alam melalui proses yang tidak alami tidaklah etis

Untuk keberlanjutan jangka panjang juga, mempercepat proses alamiah adalah hal yang aneh.

Elang Dalam Kelaparan

Dunia hewan menderita karena kecerdasan manusia

Kecerdasan buatan dapat menjadi bumerang dan menciptakan Frankenstein

Manusia dapat menjadi budak ciptaannya sendiri, dalam upaya mencari kehidupan yang lebih baik

Robot dengan kecerdasan buatan dapat berubah menjadi pisau yang berbahaya

Apa yang akan dilakukan manusia jika hidup tiga ratus tahun seperti kura-kura?

Akan ada lebih banyak kerusakan alam dan kebisingan yang tidak diinginkan

Hanya makan dan menghabiskan waktu di dunia virtual digital tidak ada artinya

Lebih baik mati dan hidup sebagai data digital di internet sebagai sinyal

Jika beberapa peradaban maju menangkap sinyal dan memecahkan kode itu

Untuk penelitian dan pengembangan mereka, data otak kita mungkin cocok

Rekayasa genetika mungkin sama berbahayanya dengan kecerdasan buatan

Bencana besar daripada covid19 dapat memusnahkan manusia karena kelalaian kecil

Tetapi otak dan pikiran manusia tidak akan berhenti tanpa menghadapi situasi

Pikiran-otak manusia selalu cenderung terbang seperti elang yang kelaparan.

Seiring Bertambahnya Usia

Dalam perjalanan hidup, seiring dengan bertambahnya usia kita

Banyak hal yang harus dihapus dari map kehidupan

Perjalanan hidup adalah guru terbaik dan membuat kita lebih bijaksana

Tapi membawa beban yang tidak perlu, bahu kita menjadi lebih lemah

Mayoritas informasi masa lalu tidak memiliki nilai

Jadi, lebih baik hapus dan segarkan kembali pikiran

Dalam skenario yang berubah, hal-hal baru harus kita temukan

Daripada mengkritik, kepada orang-orang, kita harus bersikap baik

Setiap hari kita bergerak menuju kematian adalah kenyataan

Membuang-buang waktu dan energi dalam perselisihan hanyalah kesia-siaan

Melalui pengalaman jika kita tidak belajar kebijaksanaan

Pada saat kematian, kita akan meninggalkan kerajaan yang tandus

Lebih cepat kita menyadari kenyataan hidup dan ketidakpastian perjalanan

Kita dapat menghindari pertengkaran dan kekhawatiran yang tidak perlu dari turnamen

Senyum dan lough lebih penting saat kita menjadi tua

Banyak kemungkinan baru, senyuman dapat dengan mudah terungkap

Jika tidak, kisah kita akan terlupakan dan tetap tak terhitung

Setiap orang tua dan bijak menyadari bahwa tidak ada masa lalu dan masa depan

Siapa yang segera menyadarinya, dapat menghindari siksaan hidup yang tidak diinginkan.

Lupakan Divisi Buatan Manusia

Apakah kita hidup di planet yang sepi atau di multisemesta tidaklah penting

Dalam miliaran tahun kehidupan muncul di planet ini dan berkembang

Peradaban datang dan Peradaban lenyap karena kesalahan mereka sendiri

Tapi sekarang karena pemanasan global, seluruh planet ini dalam kesulitan

Kecuali jika hewan tertinggi menyadarinya segera, semuanya akan runtuh

Meskipun arah yang tepat dan hari kiamat tidak ada yang bisa meramalkan

Jika kita tidak merasakan dari hati dan bertindak, lebih cepat akan terjadi bencana

Seiring dengan pencarian planet multisemesta, memadamkan api adalah penting

Jika kehancuran lingkungan bergerak cepat, teknologi tidak akan berdaya

Melihat cakrawala yang jauh, umat manusia tidak boleh kehilangan visi terdekatnya

Untuk menyelamatkan planet ini, jadilah proaktif dan lupakan perpecahan yang disebabkan oleh manusia.

Komputasi Awan Membuatnya Tak Terlihat

Komputasi awan oleh komputer kuantum

Namun, dikirim oleh pemasok lokal yang sama

Dia datang dengan mobil van pengirimannya yang sudah tua dan bobrok

Mengambil materi prabayar dari portal yang kami rasa menyenangkan

Sebelumnya kami biasa meneleponnya melalui telepon kami yang tidak pintar

Saat kami memesannya, dengan ucapan selamat pagi dan senyuman, dia mulai

Dia menggunakan pena dan pensil untuk menuliskan daftar barang

Setiap ada kebingungan, dia segera menelepon kembali untuk koreksi

Sekarang dia hanya menangani dan menjadi agen pengiriman dari perusahaan cloud

Dengan pelanggannya, ia kehilangan komunikasi dan keharmonisan

Teknologi menjadikannya hanya sebagai mesin pengantaran seperti robot

Bagi pelanggan lama dan pengunjungnya, dia hanyalah penghubung yang tidak terlihat.

Kami Adalah Virtual

Kedengarannya bagus, kita tidak nyata, tetapi benda-benda virtual

Apa yang kita lihat, rasakan, dan dengar semuanya adalah hologram tiga dimensi

Hanya informasi dan data yang tersimpan di dalam benih dan sperma

Semuanya diprogram oleh partikel kuantum untuk suatu jangka waktu

Indera kita tidak diprogram untuk melihat proton, neutron, atau elektron

Organ-organ tubuh kita juga tidak diprogram untuk melihat udara, bakteri, dan virus

Apa yang tidak dapat kita rasakan melalui organ-organ tubuh kita memang ada tetapi bersifat maya

Di alam semesta yang tak terbatas, kita juga tidak nyata tetapi maya bagi orang lain

Hologram diprogram dengan sangat sempurna sehingga kita mengira bahwa kita adalah nyata

Begitu juga yang kita rasakan saat bermain game virtual dengan pemain yang tidak dikenal

Realitas virtual kehidupan kita adalah realitas yang sebenarnya bagi kita

Kecerdasan terbatas yang diberikan dalam hologram adalah tepat

Diperlukan miliaran tahun bagi kecerdasan manusia untuk mengungkap alam semesta

Pada saat itu, alam semesta mungkin akan memulai perjalanannya secara terbalik.

Kesadaran Hidup

Kesadaran hidup adalah kombinasi dari DNA, pendidikan, kepercayaan, dan pengalaman

Kesadaran manusia memberi manusia kecerdasan dan rasa ingin tahu yang lebih tinggi

Dunia hewan terjebak dalam tingkat kecerdasan dan aktivitas yang sama untuk bertahan hidup

Untuk menyelamatkan hewan dari penyakit akibat bakteri dan virus, ada aktivitas manusia

Hewan lebih rentan terhadap proses alami penyakit dan kematian

Hanya melalui imunitas alami dan perkembangbiakan, spesies hewan dapat bertahan hidup

Setelah punah dari bumi, tidak ada spesies yang secara otomatis hidup kembali

Tidak ada yang tahu bagaimana dan mengapa manusia memiliki kesadaran yang lebih tinggi

Pendidikan, pelatihan, dan rasa ingin tahu memungkinkan peradaban manusia untuk maju

Semut dan lebah madu tetap sama seperti lima ribu tahun yang lalu

Meskipun disiplin, dedikasi, dan integritas sosial mereka dicoba untuk diikuti oleh manusia

Kesadaran setiap makhluk hidup berbeda dan unik

Keanekaragaman makhluk hidup ini dapat diintegrasikan melalui keterikatan kuantum

Agama percaya bahwa segala sesuatu terjerat dengan Tuhan

Untuk menerima keterikatan sebagai bagian dari kesadaran super, sains tidak berminat.

Kucing Itu Keluar Hidup-hidup

Kucing itu keluar dari kotak dalam keadaan hidup dan sehat

Para ilmuwan yang hadir di acara tersebut bertepuk tangan terus menerus

Melihat terlalu banyak orang yang bertepuk tangan, kucing itu tiba-tiba menghilang

Waktu paruh kucing dan bahan radioaktif menyelamatkan kucing tersebut

Prinsip ketidakpastian berhasil menyelamatkan nyawa, bisa dipastikan

Kemungkinan Tuhan menyelamatkan nyawa kucing itu adalah fifty-fifty

Itu sendiri juga merupakan prinsip ketidakpastian Heisenberg

Meskipun Stephen Hawking mengatakan bahwa Tuhan mungkin tidak memiliki peran dalam menciptakan dunia

Tapi untuk ketidakpastian hidup dan peristiwa, kehadiran Tuhan, pikiran manusia terungkap

Kecuali kita mengurung kucing dan memprediksi masa depannya dengan sempurna

Ilmu pengetahuan tidak akan mampu mengurung Tuhan dan ketidakpastian alam.

Penghalang Besar

Fokus adalah naluri dasar untuk bertahan hidup

Seorang pemburu tidak dapat membunuh hewan buruannya tanpa fokus

Pemain kriket fokus pada bola dan pemukulnya

Pesepakbola berkonsentrasi pada bola dan gawang

Dalam kehidupan sehari-hari, fokus bukanlah tugas yang sulit

Mereka yang menguasai seni, maju dengan cepat

Seorang anak laki-laki dapat dengan mudah fokus pada seorang gadis cantik

Tetapi sulit untuk menurunkan persamaan diferensial

Untuk menguasai matematika, fokus adalah solusinya

Fokus dapat memusatkan sinar matahari untuk menyalakan api di atas kertas

Berlatih membuat fokus menjadi sempurna dan hasilnya lebih cerdas

Dalam hidup, tidak mampu berkonsentrasi dan fokus, adalah penghalang besar.

Hidup Bukanlah Hamparan Bunga Mawar, Tapi Ada Sinar Matahari

Kami bermimpi, berharap dan mengharapkan hidup menjadi hamparan bunga mawar

Jalan yang kita lalui harus mulus dan emas

Tapi kenyataannya sama sekali berbeda, kompleks dan ilusi

Keberadaan kita adalah karena ketidakstabilan atom

Untuk menjadi molekul, setiap saat mereka bergabung

ketidakpastian adalah bagian yang melekat dalam hidup kita di setiap perjalanan

Hamparan mawar hanya mungkin ada dalam dongeng

Hidup kita dipaksa untuk bergerak di jalan bergelombang

Lampu merah bisa tumbuh pada waktu yang paling tidak tepat

Jika kita mencoba untuk terburu-buru, kekuatan yang tidak diketahui akan memaksakan denda

Bahkan dalam ketidakpastian hidup, ada sinar matahari

Perjalanan hidup penuh dengan peluang, kesuksesan, kemampuan Anda yang menentukan.

Hewan Tertinggi

Bagaimana kehidupan di alam semesta paralel adalah sebuah pertanyaan besar

Kecuali manusia bisa melakukan teleportasi, tidak ada solusi yang sempurna

Sampai saat ini kita belum bisa menemukan lokasi pasti pesawat Malaysia yang hilang

Untuk mengetahui bentuk kehidupan yang pasti tanpa mengunjungi exoplanet tidaklah tepat.

Apapun yang dikatakan para ilmuwan akan tetap menjadi hipnotis sampai kita mengunjunginya

Dalam kehidupan mereka dan mengatur hal-hal fisik, mungkin ada alam yang berbeda

Tentu saja, mereka mungkin tidak berjalan di atas kepala dan makan melalui bajingan

Tapi tanpa mengamati dari dekat, realitas tidak akan pernah terungkap

Makhluk-makhluk maju dari alam semesta paralel mungkin hidup di bawah beberapa cairan

Makhluk hidup putri duyung dalam cerita anak-anak mungkin berkuasa di sana

Kesempatan untuk mengetahui segala sesuatu dari bumi melalui sinyal jarang terjadi

Kecuali kita menjelajahi setiap sudut dan sudut kosmos yang tak terbatas

Klaim bahwa manusia adalah penguasa alam semesta adalah hipotesis seperti lumut.

Wahai Para Ilmuwan, Para Ilmuwan yang Terhormat

Alam semesta terjalin dengan indah dan sempurna

Hidup dan mati adalah bagian dari siklus yang indah

Jangan membuat manusia menjadi abadi melalui rekayasa genetika

Manusia telah merusak keseimbangan ekologi bumi

Keanekaragaman hayati pada makhluk hidup adalah bagian yang tidak terpisahkan

Miliaran tahun telah berlalu dan evolusi berjalan sangat lambat

Melalui kepunahan dinosaurus dan masih banyak lagi

Kehidupan manusia sekarang berkembang di planet yang sepi

Sebelum keabadian melalui genetika dan kecerdasan buatan

Penyembuhan kanker dan penyakit genetik lebih penting

Beberapa ribu tahun yang lalu orang bijak mencoba keabadian

Tapi menyerah untuk mencobanya, menyadari bahaya dan kesia-siaannya

Jika manusia menjadi abadi, apa yang akan terjadi pada kehidupan lain

Trauma yang sering terjadi pada kematian hewan peliharaan, akan sama menyakitkannya

Dalam jangka panjang, tanpa mengubah pikiran, keabadian akan berbahaya.

Emosi Manusia Dan Fisika Kuantum

Cinta dan iman tidak mengikuti logika

Bagi kehidupan manusia, keduanya adalah dasar

Dalam hidup kita yang sangat penting adalah musik

Indera datang melalui gen yang bersifat intrinsik

Tapi untuk kehidupan, kombinasi atom adalah organik

Partikel-partikel fundamental yang sebenarnya fundamental masih diperdebatkan

Teori dawai mengatakan bahwa getaran adalah bentuk yang sebenarnya

Keterikatan kuantum benar-benar hal yang menyeramkan

Kemungkinan-kemungkinan baru yang dibawa oleh mekanika kuantum

Namun, emosi dan kesadaran manusia, secara berbeda kita bernyanyi.

Apa yang Akan Terjadi Pada Orisinalitas Dan Kesadaran?

Di dunia ini, saya mungkin tidak memiliki tujuan atau alasan apa pun

Saya mungkin menjalani kehidupan simulasi di penjara virtual

Tapi aku memiliki kesadaran dan keaslianku sendiri

Kecerdasan buatan telah melanggar proses berpikir saya

Dalam keaslian pemikiran saya ada stagnasi dan reses

Jika kecerdasan dan kesadaran saya menjadi bawahan

Saya pasti akan kehilangan posisi saya sebagai koordinat yang sadar

Sudah muak hidup di planet tanpa tujuan dan tanpa arah

Tidak ada ilmu pengetahuan atau filsafat yang dapat menjelaskan mengapa kita datang untuk tujuan apa

Visi, misi, dan tujuan yang sewenang-wenang, kita harus mengira-ngira

Dengan kecerdasan buatan dan keabadian, ini juga akan sia-sia

Entahlah, apa yang akan menjadi definisi kehidupan setelah kehidupan tidak lagi rapuh.

Ketika Ekspansi Alam Semesta Berakhir

Akankah pemuaian alam semesta terus berlanjut tanpa batas?

Atau suatu hari alam semesta akan berhenti mengembang secara tiba-tiba?

Akankah waktu kehilangan gerakan maju dan terhenti

Atau karena momentum, akan mulai berbalik ke arah yang berlawanan

Betapa lucunya kehidupan di planet bumi bagi manusia

Manusia akan dilahirkan sebagai orang tua di tempat kremasi

Dari api, mereka akan disambut oleh keluarga dan teman-teman

Alih-alih tempat kesedihan, kuburan akan menjadi tempat perayaan

Perlahan-lahan orang tua akan menjadi semakin muda

Sekali lagi, suatu hari, mereka akan menjadi sperma, dan di dalam rahim ibu, lenyap selamanya

Semua planet dan bintang akan bergabung lagi menjadi singularitas

Tapi kemudian tidak akan ada fisika dan waktu untuk menjelaskan semua seluk-beluknya.

Rekayasa Ulang

Alam melakukan rekayasa dan rekayasa ulang secara terus menerus

Ini adalah proses penciptaan dan alam yang sudah ada sejak dulu.

Bahkan dalam proses evolusi, untuk spesies yang lebih baik, sangat penting

Tanpa rekayasa ulang, produk terbaik tidak akan datang

Jadi, untuk kemajuan dan mengembangkan yang terbaik, rekayasa ulang adalah suatu keharusan

Otak manusia juga melakukan rekayasa ulang secara terus menerus dalam proses berpikir

Kita belajar, melupakan, dan kembali belajar lagi ketika kebenaran telah ditetapkan

Sampai kita menghasilkan yang terbaik atau menemukan kebenaran, rekayasa ulang terus berlanjut

Dengan cara ini alam mencapai keseimbangan dinamis terbaik

Rekayasa ulang dan evolusi berlangsung terus menerus seperti pendulum.

Higgs Boson, Partikel Tuhan

Ketika ditemukan, Higgs Boson sangat menghebohkan komunitas ilmuwan

Namun, di dunia, Tuhan dan para rasulnya tetap seperti itu

Pada Tuhan dan para nabi, orang-orang masih memiliki keyakinan dan kepercayaan yang tak terbatas;

Partikel-partikel fundamental telah berada di tempatnya sejak awal waktu

Jadi, bagi orang-orang yang beriman, terlepas dari penemuan Higgs Boson, semuanya tetap sama

Untuk perang dunia dan pengeboman Nagasaki, orang percaya berpikir itu adalah permainan abadi Tuhan

Orang yang tidak percaya berpendapat, terlepas dari Tuhan atau tidak ada Tuhan, bom akan menciptakan api

Untuk perang dan kehancuran dunia, ego dan sikap manusia yang harus disalahkan

Orang-orang beriman telah memberikan begitu banyak nama untuk Tuhan di berbagai belahan dunia

Tapi Higgs Boson, dengan satu nama saja, para ilmuwan mengungkap.

Orang Tua dan Keterikatan Kuantum

Syukurlah, itu adalah seekor ikan, bukan buaya atau Godzilla atau anaconda.

Itu mungkin terjadi sesuai dengan probabilitas kuantum dan keterikatan

Prinsip ketidakpastian kemudian, akan menempatkan orang tua itu dalam perut

Perahunya terlalu kecil dan rapuh untuk bertahan hidup dalam ketidakpastian

Novel Hemingway memenangkan hadiah karena itu adalah ikan dan untuk kreativitasnya

Namun, ketidakpastian dan keterikatan kuantum membuat pemenang hadiah itu mati

Bahkan setelah ditemukannya partikel Tuhan, di planet ini, kematian adalah kebenaran tertinggi

Beberapa peradaban telah dilupakan tanpa mengetahui gravitasi dan relativitas

Orang-orang sekarang menggunakan gadget kuantum, tanpa mengetahui keterikatan, secara diam-diam

Tingkat pengetahuan, mengetahui dan tidak mengetahui adalah perbedaan antara peradaban

Setengah pengetahuan dan bio-kecerdasan juga dapat membawa umat manusia menuju kehancuran.

Apa yang Akan Dilakukan Orang?

Apakah lebih dari delapan miliar homo-sapiens dibutuhkan di planet bumi?

Negara-negara dunia ketiga sudah penuh sesak dengan orang-orang yang setengah buta huruf

Tidak ada yang bisa berjalan kaki, bersepeda, berkendara, atau beraktivitas dengan nyaman di kota-kota Asia

Kesenjangan antara yang punya dan yang belum punya semakin meningkat dari hari ke hari

Atas nama agama, menciptakan tenaga kerja muda, tidak ada pengendalian kelahiran

Pengangguran dan kekecewaan serta frustrasi di mana-mana

Kesenjangan digital mendorong sebagian orang untuk hidup dalam kondisi yang tidak manusiawi

Bagi mereka yang kurang beruntung, hidup berarti takdir dan berdoa kepada Tuhan untuk memohon belas kasihan

Peningkatan bunuh diri di kalangan anak muda yang putus asa mencapai puncaknya

Sekarang dengan kecerdasan buatan, kita menghilangkan lebih banyak pekerjaan

Di bidang pertanian juga, orang-orang perlahan-lahan kehilangan harapan untuk masa depan yang lebih baik

Apa yang akan dilakukan oleh para penganggur dan orang yang menganggur di dunia ini, meminta bukanlah hal yang tidak adil.

Ruang-Waktu

Waktu itu relatif, sudah menjadi fakta dan kenyataan

Ruang tidak terbatas, alam semesta mengembang tanpa hambatan apa pun

Dalam hubungan ruang-waktu, gaya gravitasi juga penting,

Kecepatan cahaya adalah penghalang waktu, dan pada kecepatan itu waktu bisa terhenti

Seluruh konsep ruang-waktu, materi-energi, gravitasi-elektromagnetisme dapat tergelincir,

Newton ke Einstein adalah lompatan besar dalam studi fisika

Keterikatan kuantum sekarang mengubah banyak hal mendasar,

Perjalanan waktu dan teleportasi bukan lagi kisah fiksi ilmiah

Kecerdasan buatan akan segera membuat semua ini terjadi dengan arah yang baru

Orang-orang mungkin akan segera bertemu dengan Yesus dan Buddha melalui perjalanan waktu selama liburan.

Alam Semesta yang Tidak Stabil

Setelah Big-Bang, partikel-partikel elementer teraduk

Dengan penuh energi dari ledakan, mereka menjadi bersemangat

Partikel-partikel yang baru lahir itu tidak stabil dan tidak bisa bertahan lama

Jadi, menggabungkan, proton, neutron dan elektron mereka membentuk

Bersama-sama mereka membuat tata surya mini dari atom untuk menjadi stabil

Tapi untuk tetap stabil, sebagian besar atom yang baru terbentuk tidak bisa

Atom-atom itu bergabung dalam proporsi yang berbeda dan menjadi molekul

Dengan adanya materi, tata surya menjadi stabil secara dinamis

Butuh jutaan tahun bagi atom-atom untuk membentuk bio-molekul

Karbon, hidrogen, oksigen, nitrogen, besi membuat kehidupan biologis menjadi mungkin

Namun, kita tidak yakin, apakah kita sebenarnya adalah kombinasi dari atom atau gelombang yang bergetar

Partikel-partikel fundamental mungkin pada kenyataannya adalah getaran tali Tuhan.

Relativitas

Relativitas adalah sifat alam ketika galaksi-galaksi diciptakan

Sebelum Big-Bang dan setelah itu juga relativitas selalu ada

Tidak ada sesuatu pun di alam semesta dan realitas yang absolut dan konstan

Teori-teori sains, filsafat, dan psikologi terkadang tidak konsisten

Untuk ada keberadaan realitas dan relativitas, pengamat itu penting

Orang mengenal relativitas dalam format non-matematis sejak lama

Kisah memperpendek garis lurus tanpa bersentuhan tidaklah muda

Teks-teks agama dan filsafat menjelaskan relativitas secara berbeda

Einstein meletakkannya untuk kemanusiaan dan sains, melalui persamaan dan secara matematis

Kehidupan, kematian, masa kini, masa lalu, masa depan, semuanya relatif dan diketahui oleh naluri manusia

Konsep relativitas pada otak dan peradaban manusia, merupakan faktor dasar.

Apa itu Waktu

Apakah waktu benar-benar ada dalam domain kehidupan manusia?

Atau itu hanyalah ilusi otak manusia untuk memahami realitas?

Apakah ada panah waktu yang bergerak dengan kecepatan cahaya?

Atau masa lalu, sekarang, dan masa depan hanyalah sebuah konsep untuk menjelaskan keberadaan?

Tidak ada waktu yang seragam di alam semesta dan di mana-mana waktu bersifat relatif

Materi dan energi hanyalah realitas yang terwujud dalam arti sebenarnya

Keraguan selalu ada pada waktu, jiwa, dan keberadaan Tuhan

Pengukuran waktu bisa berubah-ubah, satuannya seperti satuan panjang dan berat

Panah waktu dari masa lalu ke masa kini ke masa depan mungkin tidak tepat

Waktu mungkin hanya sebuah unit untuk mengukur konversi materi-energi, pertumbuhan dan pembusukan

Apa itu waktu, dengan konfirmasi, bahkan para ilmuwan terpelajar pun tidak dapat mengatakannya.

Berpikir Besar

Orang bilang berpikirlah besar, berpikirlah besar, Anda akan menjadi besar

Tapi ketika saya berpikir besar, lebih besar dan lebih besar, saya menjadi sangat kecil

Di dunia yang relativistik, keberadaan saya menjadi tidak signifikan

Saya bahkan tidak berarti di daerah saya, adalah realitas kehidupan

Di kota saya, distrik saya, negara bagian saya, dan di negara saya, ketidakberartian meningkat

Ketika saya melihat di tingkat dunia, keberadaan saya bahkan menjadi tidak berarti

Di tata surya, galaksi, bimasakti, dan kosmos, siapakah aku, tidak ada jawabannya

Satu-satunya kenyataan adalah bahwa saya hidup dan ada hari ini di rumah saya bersama keluarga

Tidak ada nilai, tidak ada arti, tidak ada keharusan bagi dunia atau umat manusia

Perjalanan sia-sia searah yang disebut kehidupan, dengan caraku sendiri, aku harus menemukan

Ketika saya menyelesaikan perjalanan saya, orang-orang akan terus bergerak di atas tubuh saya

Kita sangat kecil, dan tidak terlihat di antara delapan miliar orang, apa yang harus dikatakan dengan bangga.

Alam Membayar Harga Untuk Proses Evolusinya Sendiri

Alam telah membayar harga yang mahal untuk proses evolusi

Hingga kemunculan homo-sapiens bagi hewan, tidak ada yang merupakan ilusi

Pepohonan, kerajaan yang hidup hidup dengan bahagia tanpa mencari solusi apa pun

Mendapatkan makanan yang cukup, air dan udara yang baik adalah kepuasan mereka

Keseimbangan ekologis memiliki peran dalam prosesnya, dan tidak ada transaksi moneter;

Kedatangan manusia dalam proses evolusi mengubah segalanya

Alam harus berjuang setiap saat untuk melestarikan intinya dan menyeimbangkan segala sesuatunya

Manusia mengubah bukit, sungai, teluk, pantai, garis pantai untuk kenyamanan

Namun untuk menjaga keseimbangan alam dalam evolusinya, jangan pernah mendukung

Atas nama peradaban dan kemajuan, segala sesuatu di alam, manusia mengubahnya.

Hari Bumi

Planet bumi itu indah, bukan karena terbuat dari karbon, hidrogen, dan oksigen

Bumi indah karena evolusi dan kecerdasan alam

Penciptaan kehidupan dari atom-atom kecil masih menjadi misteri besar

Tidak ada yang tahu, apakah kehidupan adalah fenomena hanya di planet galaksi ini

Atau kehidupan telah datang dari tempat lain ke planet ini sebagai warisan turun-temurun

Keindahan kehidupan terletak pada keanekaragaman dan ekosistemnya

Kerusakan keseimbangan yang rapuh oleh manusia terlihat dan tidak jarang terjadi

Manusia berpikir bahwa dengan kecerdasannya, bumi adalah wilayah kekuasaannya

Untuk hidup berdampingan dengan spesies lain, homo-sapiens tidak memiliki kearifan

Perayaan hari bumi yang hanya beberapa jam saja menjadi ajang cuci mata manusia dan bertindak seenaknya.

Hari Buku Sedunia

Mesin cetak adalah sebuah terobosan penemuan

Sebesar komputer, ponsel pintar, dan internet

Mesin cetak mengubah arah peradaban melalui penyebaran pengetahuan

Buku-buku adalah pembawa informasi seperti internet di zaman modern

Buku-buku memainkan peran penting dalam menyebarkan pengetahuan seperti sinar matahari;

Ada tekanan yang luar biasa pada buku oleh teknologi baru

Namun buku tahan terhadap gempuran semua media audio-visual

Di abad kedua puluh satu juga, buku adalah barang yang sangat berharga

Pentingnya buku mungkin akan tergantikan oleh format digital dan kecerdasan buatan

Namun dalam kemajuan peradaban dan pengetahuan, buku akan tetap memiliki posisi penting.

Marilah Kita Berbahagia Dalam Transisi

Ketika Matahari meredup dan fusi nuklir berakhir selamanya

Apa yang akan dilakukan oleh makhluk kecerdasan buatan di planet bumi

Kerusakan dan kehancuran mereka juga akan dimulai secara otomatis

Bagaimana makhluk AI akan mengisi daya baterai mereka tanpa energi matahari

Untuk mendapatkan sedikit daya, mereka akan berlari seperti anjing jalanan, dan akan kelaparan

Manusia mungkin akan punah, jauh sebelum matahari meredup

Makhluk-makhluk AI itu sendiri harus menghadapi fenomena ini dan mengolok-olok;

Jika beberapa asteroid besar menghantam bumi sebelum matahari meredup

Kehancuran akan terjadi bersama-sama, manusia, AI, dan semua makhluk hidup

Kelangsungan hidup makhluk AI setelah hantaman asteroid juga jauh

Melalui jalurnya sendiri, alam akan kembali lagi

Organisme hidup baru akan datang lagi melalui evolusi

Untuk dunia baru yang lebih baik, itu pasti akan menjadi solusi terbaik dari alam

Sampai hal-hal ini terjadi, mari kita nikmati dan berbahagia dalam masa transisi.

Pengamat Itu Penting

Dalam belitan kuantum, pengamat adalah yang paling penting

Eksperimen celah ganda menunjukkan elektron berperilaku berbeda jika diamati

Dalam dunia relativistik dan kuantum, tanpa pengamat tidak ada arti peristiwa

Jadi, jadilah pengamat dan rasakan keberadaan dan kenyataan, saya adalah pusat bagi saya

Hal yang sama berlaku untuk spesies, dan serangga yang memakan pohon

Tanpa kesadaran saya, apakah alam semesta ada atau tidak, itu tidak penting

Seorang pria tanpa kesadaran, meskipun hidup, tidak ada yang berarti yang bisa kita coba

Alasan keterikatan kuantum, sampai sekarang tidak ada ilmuwan yang bisa menjelaskan

Tapi segala sesuatu di alam semesta dan kosmos terjerat melalui rantai tak terlihat

Penyatuan gravitasi, elektromagnetisme, kekuatan nuklir, materi-energi mungkin adalah otak Tuhan.

Waktu yang cukup

Yesus, Raja Salomo, dan Aleksander memiliki waktu yang cukup

Mereka mencapai banyak hal selama waktu itu dan tepat waktu meninggalkan jejak kaki

Sebagian besar orang terlalu sibuk dalam perlombaan kecepatan dan tidak ada waktu

Beberapa orang berpikir bahwa mereka abadi, dan mereka akan melakukan sesuatu yang besar di masa depan

Sangat sedikit orang yang tahu bahwa waktu yang tak terbatas itu memiliki sifat yang aneh

Ilmu pengetahuan juga terkadang membingungkan apa sebenarnya waktu itu atau benar-benar bergerak

Atau seperti gaya gravitasi, tanpa mengalir ke dimensi lain

Ruang, waktu, materi dan energi semuanya penting, tetapi waktu itu gratis

Tapi untuk membeli sebuah flat kecil di kota, Anda harus membayar biaya yang besar

Anda sudah punya waktu untuk menjadi Vivekananda, Mozart, Ramanujan atau Bruce Lee.

Kesepian Tidaklah Buruk Sepanjang Waktu

Terkadang kita dapat berpikir lebih dalam dalam kesendirian

Ini membantu untuk berkonsentrasi pada kebersihan pikiran

Dengan keramaian yang tidak diinginkan, pikiran terasa kantuk

Namun, bagi sebagian orang, kesepian juga dapat membawa kemalasan

Bagi sebagian orang, kesepian juga dapat menyebabkan gangguan penglihatan;

Gunakan kesepian sebagai alat untuk introspeksi

Kesepian juga diperlukan untuk meditasi

Jika Anda berkonsentrasi, itu akan memberikan solusi masalah yang menjengkelkan

Saat sendirian, jangan pernah mencoba obat atau obat penenang apa pun

Lebih baik pergi dengan teman-teman, obat yang lebih baik

Gunakan kesepian untuk konsentrasi dan arah baru.

Saya Versus Kecerdasan Buatan

Apa yang saya ketahui, semuanya bukanlah pengetahuan mendasar saya

Saya juga tidak menemukan alfabet maupun angka

Bahasa yang saya ketahui tidak diciptakan oleh fungsi otak saya

Api, roda, atau komputer juga bukan ciptaan saya

Semua yang saya peroleh berasal dari orang lain

Bersosialisasi juga diambil dari ayah, ibu, dan kerabat

Otak saya hanya menyimpan informasi seperti hard disk komputer

Hanya ada perbedaan yang sangat tipis antara saya dan pengetahuan AI

Perbedaan yang unik adalah kesadaran dan keaslian saya

Dan kebijaksanaan yang saya kumpulkan melalui kepositifan yang terus menerus.

Pertanyaan Etis

Di setiap persimpangan jalan kemajuan, kami selalu mengajukan pertanyaan tentang etika

Apakah itu aborsi atau bayi tabung atau pembodohan kehidupan baru

Tidak ada masalah etis dalam membunuh manusia dalam perang karena alasan-alasan kecil

Tidak ada masalah etis untuk membantai ribuan orang atas nama agama

Tetapi untuk terobosan perkembangan ilmiah dan teknis, etika datang

Karena kontradiksi dan tindakan tidak etisnya, semua agama itu bodoh

Komputer, robot, dan internet dianggap sebagai ancaman bagi tenaga kerja

Namun akhirnya, semua itu menjadi alat untuk pengembangan yang lebih cepat dan sumber efisiensi

Kecerdasan buatan dan keabadian melalui genetika kini dipertanyakan

Setelah dua-tiga dekade, semua orang akan mengatakan, kecerdasan buatan bukanlah sesuatu yang tidak sehat.

Saya tidak tahu

Saya bergerak lebih cepat dan lebih cepat, tanpa mengetahui, mengapa saya bergerak

Saya hanya tahu bahwa saya menua setiap menit, dan sekarat dari hari ke hari

Saya tidak sadar, dari mana saya datang tanpa mengetahui dan sekarang pergi

Di dalam kotak hitam, saya memiliki pengetahuan dan informasi yang terbatas

Di luar kotak, tidak ada yang tahu apa yang sebenarnya terjadi

Baik ilmu pengetahuan maupun agama tidak memiliki bukti yang meyakinkan

Tapi naluri dasar kehidupan memaksa saya untuk bergerak lebih cepat dan lebih cepat

Perjalanan ini bisa berhenti kapan saja tanpa indikasi sebelumnya

Atau saya mungkin dipaksa untuk terus bergerak selama tujuh puluh, delapan puluh atau seratus tahun

Tapi pada akhirnya, perjalanan akan selesai di kuburan yang sepi.

Aku Tahu, Aku Yang Terbaik di Balap Tikus

Saya tahu, saya adalah perenang terbaik, dan saya menyeberangi lautan

Di antara jutaan orang, saya adalah yang terkuat dan paling kuat

Jadi hari ini, dalam tolok ukur orang-orang yang berlomba, aku sukses.

Perlombaan tikus dimulai sebelum aku melihat cahaya di dunia ini

Itulah sebabnya ras tikus secara umum terhubung dalam lipatan manusia

Siapa pun yang keluar dari perlombaan tikus, manusia tidak berpikir berani

Kisah sukses para pemenang perlombaan tikus, orang-orang dengan bangga menceritakannya

Namun ada beberapa kisah yang berbeda seperti Buddha dan Yesus

Itulah mengapa mereka adalah manusia super dari kelas yang berbeda

Mereka adalah mesias bagi umat manusia, dan bagi umat manusia yang berpacu dengan tikus.

Ciptakan Masa Depan Anda

Tidak ada yang akan menciptakan masa depan saya
Saya harus menciptakannya hari ini dengan bekerja
Meskipun masa depan tidak pasti dan tidak dapat diprediksi
Menciptakan dasar untuk hari esok itu sederhana
Jika kita bekerja keras hari ini untuk misi dan tujuan kita
Hari esok datang dengan lebih banyak kesempatan
Hari esok selalu membutuhkan kesinambungan
Tuhan menolong mereka yang menolong diri mereka sendiri, bukan hanya maya
Ketika masa depan datang, Anda akan merasa, itu nyata
Jadi, hari ini ciptakan masa depan Anda dengan penuh kegembiraan dan semangat.

Dimensi yang Terabaikan

Sebagai makhluk hidup, kita lebih peduli dengan cahaya, suara, dan panas

Tidak terlalu peduli dengan elektromagnetisme, gravitasi, kekuatan nuklir yang kuat dan lemah

Orang menyembah Matahari, karena itu adalah sumber energi utama

Menyembah sungai dan Tuhan hujan, orang-orang menunjukkan pentingnya materi

Namun di antara semua dimensi, ruang dan waktu tetap datar

Empat kekuatan fundamental berada di luar pemahaman orang-orang primitif

Jika tidak, penyembahan dan doa-doa mereka akan menjadi relevan dan lebih baik

Di sebagian besar budaya, ada Tuhan dan dewi materi dan energi

Namun, tidak ada Tuhan atau dewi untuk dimensi ruang dan waktu yang paling penting

Padahal untuk keberadaan makhluk hidup, kedua dimensi tersebut adalah yang utama.

Kami Ingat

Kami mengingat semua kejadian buruk dalam hidup

Dalam hal ini, manusia lebih baik dan ahli

Sangat sedikit yang memperhatikan kualitas dan kebajikan kita yang baik

Bahkan kita sendiri pun melupakan kenangan indah kita

Memori lebih sibuk mengingat tragedi lama

Orang juga tidak menghargai orang lain karena cemburu

Jadi, untuk mengetahui dan belajar dari tetangga yang sukses tidak ada rasa ingin tahu

Tetapi dalam kesalahan orang lain, kita menjadi senang

Berita buruk dengan sangat cepat dan dengan senang hati disebarkan orang

Tidak pernah melihat ada orang, yang menggosipkan kualitas orang lain

Pikiran manusia selalu cenderung membawa kembali perbedaan masa lalu

Melepaskan hal-hal buruk, dan kenangan buruk, adalah tugas yang sulit

Untuk kebahagiaan, kedamaian dan kesuksesan, menghapus kenangan buruk harus dilakukan.

Kehendak Bebas

Bahkan jika kita melakukan sesuatu dengan pikiran sadar dan kehendak bebas

Hasil atau akibatnya tidak pasti dan mungkin tidak sesuai dengan yang diinginkan

Itulah sebabnya mengapa agama Hindu mengatakan bahwa jangan pernah mengharapkan hasil dari suatu pekerjaan

Lakukan saja dengan kehendak bebas dan secara efisien dengan pengabdian

Mengharapkan hasil tertentu akan melemahkan resolusi kehendak bebas;

Mungkin ada godaan untuk mendapatkan buahnya, sebelum Anda menanam pohon

Tetapi kehendak dan keinginan untuk menanam haruslah sadar dan bebas

Jika Anda terlalu memikirkan badai yang dapat menghancurkan pohon muda

Mempertimbangkan kehidupan Anda sendiri yang tidak pasti, pikiran Anda akan duduk untuk berhenti menggali

Bahkan, kehendak bebas juga diatur oleh ketidakpastian yang bersembunyi

Terkadang kita menyebutnya nasib, terkadang takdir

Namun tanpa tindakan dan usaha, Anda akan menerima kekalahan dengan pasti.

Besok Hanya Sebuah Harapan

Tidak ada yang tahu apa yang akan terjadi besok

Jika saya tidak hidup, hanya sedikit wajah yang akan mengekspresikan kesedihan

Yang lain akan melanjutkan dengan mengatakan beristirahatlah dengan tenang

Kecuali darah Anda sendiri, tidak ada yang akan ketinggalan

Kenyataan hidup sangat sederhana dan jelas

Untuk mati dan mengucapkan selamat tinggal jangan takut

Hadiah terakhir dari kehidupan bukanlah kekayaan, tapi kematian

Suatu hari semua teman dan kenalan saya akan mati

Untuk menyelamatkan mereka selamanya, sia-sia akan Anda coba

Pada saat lahir, mengetahui kebenaran, seorang anak menangis.

Kelahiran Dan Kematian Dalam Cakrawala Peristiwa

Ulang tahun saya bukanlah sebuah peristiwa di dunia yang tidak berbicara tentang galaksi

Bahkan kelahiran Buddha, Yesus, Muhammad bukanlah peristiwa saat lahir

Kematian saya juga tidak akan sepenting kelahiran saya

Baik Assam, India, Asia tidak akan berhenti, maupun Amerika tidak akan melambat

Bahkan dunia terus berjalan seperti biasa saat kematian Diana dan Kerajaan Inggris

Tidak ada penyesalan atas kelahiran saya dan juga tidak akan ada penyesalan atas kematian saya

Seperti pasang surutnya lautan, kami datang, dan kami pergi setelah beberapa saat

Jejak, jejak kaki hanya tersisa di benak orang yang dicintai

Di mana para pengamat itu juga pergi, tidak ada eksistensi di cakrawala peristiwa

Jangan berharap bahwa alam semesta kuantum dan paralel akan memberikan representasi yang lebih baik bagi kehidupan

Permainan pamungkas

Saya mendengar suara terbesar dan cahaya paling terang dari Big-Bang

Itu adalah awal dari kehidupan baru, kelahiran seorang anak yang menangis

Pengamat itu penting seperti yang dibuktikan eksperimen celah ganda

Tanpa adanya pengamat, untuk bayi yang baru lahir, Big-Bang tidak relevan

Kelahiran bayi yang baru lahir sama pentingnya dengan Big-Bang bagi seorang ibu

'Anak adalah ayah dari pria' lebih populer di mana-mana daripada

Big-Bang tidak akan pernah bisa dijelaskan tanpa adanya pengamat

Untuk setiap teori atau hipotesis, harus ada seorang ayah yang mengamati

Konversi energi materi dan sebaliknya dimulai sebelum homo sapiens datang

Perubahan dari satu bentuk ke bentuk lain adalah permainan alam yang paling utama.

Waktu, Ilusi Misterius

Masa lalu dan masa depan selalu merupakan ilusi

Masa lalu hanyalah pengenceran waktu

Masa depan hanyalah harapan waktu

Masa kini hanya ada pada kita untuk diselesaikan

Jika kita tidak bertindak, masa lalu akan lenyap tanpa bekas;

Waktu tidak memiliki momentum, ketika kita mengintip ke masa lalu

Padahal domain dan sejarah masa lalu sangat luas

Kita tidak bisa melihat masa depan, jadi bagaimana bisa ada momentum

Saat ini hanya ada di tangan kita, selalu optimal

Masa lalu, masa kini, dan masa depan kita amati melalui kuantum partikel.

Tuhan Tidak Menolak Kehendak Diri Sendiri

Membunuh atas nama bangsa, agama tidak dianggap sebagai kejahatan atau dosa

Lalu bagaimana membunuh diri sendiri atas nama agama bisa disebut buruk

Tidak ada bukti bahwa orang yang melakukan bunuh diri itu berdosa

Bagi seseorang untuk menghilangkan rasa sakit dan penderitaan, bunuh diri mungkin menguntungkan

Ketika Yesus disalibkan, dia berdoa untuk orang-orang yang tidak tahu apa-apa

Dari rasa sakit dan kesengsaraan jika Anda meninggalkan dunia, seharusnya tidak ada masalah

Setelah kematian, dunia ini tidak penting bagi orang mati

Hanya karena kadang-kadang, orang-orang yang dekat dan tersayang akan sedih

Jika membunuh untuk membela diri tidak dianggap sebagai kejahatan

Membunuh diri untuk mempertahankan diri dari rasa sakit dan kesengsaraan seharusnya tidak masalah

Kita tidak dapat mengukur kematian melalui tolok ukur yang berbeda untuk kenyamanan

Jika orang dewasa yang sudah matang mati atas kehendak sendiri, Tuhan tidak memiliki alasan untuk menolaknya.

Baik dan Buruk

Kebutuhan adalah ibu dari penemuan
Dengan setiap penemuan, selalu ada kehati-hatian
Berjalan dan berlari baik untuk kesehatan
Melalui gym, beberapa orang menciptakan kekayaan
Sepeda datang ke peradaban untuk bergerak lebih cepat
Orang-orang terkejut bagaimana ia bergerak dengan dua roda
Dalam waktu singkat, sepeda tidak tetap menjadi keajaiban
Selama abad kesembilan belas, memiliki sepeda adalah sebuah kebanggaan
Sekarang, sepeda dianggap sebagai kendaraan orang miskin
Mobil dan sepeda motor mendorong sepeda ke belakang panggung
Namun sebagai kendaraan yang sehat, posisinya, sepeda masih bisa bertahan
Tanpa bahan bakar, tanpa polusi, tidak perlu tempat parkir
Di tempat-tempat ramai, sepeda kini kembali digalakkan
Dengan emisi karbon nol, ini adalah penemuan besar bagi umat manusia
Lebih banyak penggunaan sepeda akan membantu meningkatkan kualitas udara
Plastik bagus karena ringan dan tidak mudah pecah
Namun di alam, plastik dan plastik tidak dapat terurai secara alami
Plastik dan plastik membuat badan air alami menjadi sengsara
Penemuan plastik di dalam perut hewan laut sangat mengerikan
Kaca memang bagus tapi rapuh dan besar untuk dibawa
Itulah mengapa plastik dapat dengan mudah mencuri perhatian

Makanan cepat saji memang buruk, tetapi tanpa plastik, makanan tidak bisa bergerak

Tanpa plastik, industri pesawat terbang dan mobil tidak memiliki harapan

Polietilena dan plastik memberi kita sarung tangan murah selama periode Covid19

Jika tidak, kematian akan menyentuh rekor yang berbeda

Dua sisi baik dan buruk dari setiap penemuan dan penemuan

Pendekatan yang bijaksana dan penggunaan yang optimal adalah kebutuhan yang tidak dapat dihindari.

Orang-orang Hanya Menghargai Beberapa Kategori

Tidak akan ada yang mengenali Anda jika Anda bukan penyanyi yang baik

Anda tidak akan dikenal, kecuali jika Anda seorang aktor atau artis pertunjukan

Orang tidak akan mendengarkan pendapat Anda yang baik, kecuali jika Anda seorang politisi

Beberapa orang akan pergi dan melihat Anda jika Anda seorang pesulap

Bahkan jika Anda membodohi orang atas nama Tuhan, dan agama, Anda hebat

Tidak ada pengakuan atas kerja keras dan kejujuran yang Anda pertaruhkan

Anda akan dihargai jika Anda bisa bermain sepak bola atau kriket dengan lebih baik

Bot penulis dan penyair yang baik, beberapa orang yang rajin belajar hanya ingat

Bahkan jika Anda menghabiskan seluruh hidup Anda bekerja untuk orang lain, itu tidak masalah

Anda akan mati suatu hari nanti seperti lebah madu pekerja keras di sarangnya

Kadang-kadang Anda mungkin tidak diingat bahkan oleh pasangan hidup Anda.

Teknologi Untuk Masa Depan yang Lebih Baik

Teknologi selalu untuk hari esok dan masa depan yang lebih baik

Bersama dengan agama, teknologi juga membentuk budaya

Agama, budaya, teknologi, dan ekonomi kini merupakan campuran koloid

Tanpa teknologi, struktur peradaban akan terlalu lemah

Kemajuan umat manusia tidak akan mungkin bergerak lebih jauh

Namun, teknologi selalu menjadi pedang bermata dua

Beberapa kalimat memiliki makna ganda, baik atau buruk, saat kita menafsirkan kata tersebut

Pistol, dinamit, bom nuklir membuktikan bahwa teknologi bisa berbahaya

Para penguasa dan raja selalu menyalahgunakannya dan menjadi sangat marah

Rasionalitas dan kebijaksanaan, manusia harus belajar menangani teknologi

Namun sampai sekarang DNA manusia memiliki ego dan mentalitas bertengkar

Penggunaan teknologi untuk memuaskan ego, kecemburuan, keserakahan akan menghancurkan peradaban secara total.

Perpaduan Kecerdasan Buatan dan Kecerdasan Alami

Perpaduan kecerdasan buatan dengan kecerdasan biologis mungkin berbahaya

Bagi umat manusia, memperoleh kesadaran melalui AI di masa depan mungkin memiliki konsekuensi yang serius

Pelestarian kecerdasan alami untuk keanekaragaman hayati sangat berharga

Perpaduan kecerdasan buatan dan kecerdasan alami akan mengubah jalur evolusi

Proses kehancuran akan semakin cepat dan tidak akan ada solusi;

Kecerdasan buatan tidak akan mampu menghapus perang, kekerasan atau ketidaksetaraan

Sebaliknya dalam proses fusi, kecerdasan buatan akan memperoleh semua kualitas buruk

Robot dengan kecemburuan, kebencian, ego, dan sikap negatif tidak akan berharga

Hasil akhir dari konflik antara berbagai klon AI sudah jelas

Penggunaan bom nuklir mungkin menjadi hal yang biasa untuk meraih supremasi

Hentikan perpaduan kecerdasan buatan dan kecerdasan alami melalui kapasitas hukum.

Di Planet yang Berbeda

Hidup Anda dimulai pada usia enam puluh tahun, tetapi di planet yang berbeda

Terhadap Anda, menjadi lebih lemah magnet keluarga

Gaya gravitasi menjadi lebih kuat, sehingga Anda tidak bisa melompat tinggi

Saat Anda berlari, tenggorokan Anda dengan cepat menjadi kering

Untuk memanjat pohon dan memetik apel, Anda tidak boleh mencoba

Karena gaya magnet yang lebih lemah, kebutuhan energi lebih sedikit

Jadi, asupan makanan dan bahan makanan berkalori tinggi Anda berkurang

Ketika Anda bertemu anak laki-laki dengan cincin telinga dan hidung

Masa muda Anda yang indah, ingatan Anda membawa

Tidak ada yang mau mendengarkan kebijaksanaan dan cerita-cerita bagus Anda

Di buku catatan Anda, Anda mulai menulis kenangan manis Anda

Profil Facebook Anda hanya akan dikunjungi oleh teman-teman Anda

Karena seperti Anda, mereka juga menghadapi tren yang sama

Planet tempat Anda tinggal, menjadi planet yang berbeda setelah usia enam puluh tahun

Sama sekali tidak bisa dibandingkan, dengan kehidupan Anda di usia dua puluh tahun, tidak ada kesamaan.

Naluri Merusak

Dari pikiran manusia yang mengemis yang penuh dengan naluri destruktif

Menghancurkan dan membunuh klan atau suku terdekat adalah taktik bertahan hidup

Tentara penyerang selalu berusaha memaksimalkan kehancuran

Sehingga orang-orang yang kalah akan mati pada waktunya karena kelaparan

Perang, pembunuhan, perbudakan adalah bagian tak terpisahkan dari peradaban manusia;

Menjadi lebih kuat dari tetangga masih menjadi hal yang biasa

Ego kompleks superioritas selalu melepaskan racun perang

Meskipun pikiran manusia sudah cukup maju untuk menciptakan AI

Mereka masih belum bisa mengatakan tidak pada mentalitas destruktif selamat tinggal.

Mentalitas yang sama, suatu hari nanti, AI ciptaan mereka akan mencoba

Peradaban manusia, selamanya, dari planet ini akan mati.

Orang Gemuk Mati Muda

Pegulat sumo tidak berumur panjang karena mereka bertubuh besar

Bintang besar juga tidak bisa bertahan terlalu lama karena mereka berat

Bintang-bintang itu runtuh karena gaya gravitasinya sendiri yang menariknya ke dalam.

Keruntuhan gravitasi memaksa materi antarbintang untuk melakukan fusi

Sekarang, sebagian ilmuwan mengatakan, alam semesta hanyalah ilusi.

Mengapa dan untuk tujuan apa makhluk hidup datang, tidak ada solusinya

Partikel Tuhan dan persamaan Tuhan masih merupakan mimpi yang jauh

Untuk mengetahui Tuhan bahkan jika Tuhan memang ada sangat tipis

Keberadaan kita datang untuk sesuatu atau tidak sama sekali hanyalah probabilitas belaka

Hal yang baik adalah bahwa, kekuatan fundamental tidak melakukan keberpihakan.

Multitasking Bukanlah Obatnya

Ponsel pintar dapat melakukan begitu banyak aktivitas, namun ia bukanlah makhluk hidup

Pohon hanya dapat melakukan satu hal yang disebut fotosintesis, tetapi ia adalah makhluk hidup

Multi-tasking saja tidak dapat membuat seseorang atau sesuatu menjadi lebih unggul dalam keberadaannya

Pohon adalah satu-satunya sumber makanan dan oksigen, namun penebangan pohon tidak bisa dilawan

Jutaan pohon ditebang setiap tahun untuk tujuan pertanian dan perumahan

Tetapi sumber alternatif klorofil untuk menghasilkan makanan, para ilmuwan tidak mengusulkannya

Dalam seminar dan lokakarya, masalah penebangan pohon dibuang dengan cerdik

Akibatnya, semakin banyak bencana, alam perlahan-lahan akan memaksakan

Pemanasan global tidak dapat dikurangi oleh ponsel pintar maupun kecerdasan buatan

Untuk mengisi kembali hutan yang rusak, semakin banyak anakan pohon, manusia harus memproduksi.

Manusia Abadi

Hewan tidak menyadari dan merasakan bahwa mereka fana

Naluri mereka adalah naluri binatang, untuk memuaskan organ tubuh

Sebagian besar manusia juga tidak menyadari bahwa mereka fana

Itulah sebabnya manusia menjadi serakah, korup, dan suka berperang

Tujuan dasar dari hidup bermasyarakat kini menjadi semakin lemah

Semakin sedikit orang yang sekarat karena kelaparan

Semakin banyak orang yang sekarat karena kekerasan dan perang

Seolah-olah, naluri dasar berkelahi, hewan tertinggi juga menyerah

Seperti anjing dan kucing, manusia juga menjadi tidak toleran terhadap sesamanya

Kecuali jika orang menyadari bahwa ia fana, dan berada di dunia untuk waktu yang terbatas

Dia akan selalu egois, serakah dan baginya kejahatan tidak masalah

Dengan cara apa pun, manusia berusaha memperoleh kekayaan selama ribuan tahun

Ia juga berusaha keras, untuk melindungi tubuh fisiknya, karena ia sangat disayangi

Ketika ia sekarat, bahkan pada saat itu juga, kebanyakan orang tidak menyadari kebenaran

Seperti lebah di sarang lebah, ia jatuh dan mati meninggalkan madu untuk makanan lebah lainnya.

Dimensi Aneh

Dimensi waktu benar-benar aneh

Hanya relativitas yang mampu berubah

Yang menganggur dan tidak berhasil tidak punya waktu

Bagi yang berhasil, dua puluh empat jam sudah cukup

Siapa yang berpikir bahwa mereka tidak akan pernah mati, selalu dalam kekurangan

Tapi siapa yang berpikir, saya mungkin mati malam ini, memiliki banyak simpanan

Waktu tidak pernah membedakan antara kaya dan miskin

Kasta, keyakinan, agama, tak ada yang penting dalam inti waktu

Untuk semua orang, kecepatan waktu adalah sama dan sama

Untuk menjaga jejak Anda tepat waktu, seseorang harus memainkan permainan tepat waktu.

Hidup Adalah Perjuangan yang Berkelanjutan

Hidup selalu merupakan jalan perjuangan yang berkelanjutan
Setiap saat kita pasti akan menghadapi masalah
Rintangannya mungkin kecil, besar atau mengerikan
Di bawah tekanan, tetaplah teguh dan jangan goyah
Jika Anda berhenti berjuang, Anda akan menjadi puing-puing
Bila perlu, bergeraklah mundur dan menggiring bola
Saat berikutnya, Anda akan melihat kemajuan Anda terlihat
Hadapi setiap masalah dengan keberanian, tetapi tetaplah rendah hati
Dengan percaya diri, kapasitas untuk mengatasi masalah akan berlipat ganda
Jangan pernah lupa, hidup ini terlalu singkat seperti gelembung udara.

Terbang Lebih Tinggi dan Lebih Tinggi, Rasakan Kenyataannya

Ketika kita melihat dari atas langit

Rumah-rumah besar menjadi semakin kecil dan kecil

Manusia menjadi tidak terlihat seperti bakteri

Tapi mereka tetap ada sebagaimana adanya, ketika kita mulai terbang

Kita masih bisa melihat mereka dengan menggunakan teleskop yang kuat

Hanya posisi kita yang relatif dari pesawat ruang angkasa

Mengabaikan hal-hal dari ketinggian adalah hal yang mudah bagi pikiran

Perluas pikiran Anda ke tingkat yang lebih tinggi, perbesarlah

Hal-hal kecil dan sepele yang tidak akan pernah Anda temui

Orang-orang negatif, tidak akan pernah datang menyapa

Dengan pikiran yang diperbesar dan diberdayakan, terbanglah

Dan untuk mengumpulkan nektar dari bunga ke bunga, cobalah

Nikmati wewangian mawar, melati dan banyak lagi

Suatu hari, jika tidak, Anda juga akan mati, menyimpan segala sesuatu di toko

Jadi, mengapa tidak terbang dan terbang dan nikmati madunya, dunia adalah milikmu.

Untuk Mengatasi Kehidupan

Untuk mengatasi hidup, uban saja tidak cukup

Bagi para lansia, teknologi modern itu sulit

Teknologi hari ini menjadi ketinggalan zaman keesokan harinya

Apa yang akan terjadi bulan depan, bahkan ahli teknologi pun tidak bisa mengatakannya

Otak manusia memiliki kapasitas terbatas untuk menyerap dan menyimpan data

Pengetahuan hingga DNA manusia berasal dari rantai evolusi

Seperti robot, kecerdasan tidak dapat dipasang di otak manusia

Dibutuhkan banyak waktu dan kesabaran, seorang anak untuk dilatih dengan benar

Jika kecerdasan buatan menyatu dengan kesadaran dan emosi

Tidak akan ada tujuan perbaikan dan evolusi biologis

Hal ini dapat menyebabkan kerusakan otak manusia secara perlahan dan kemunduran umat manusia

Untuk membuat hidup manusia lebih nyaman, AI mungkin bukan solusi terbaik.

Apakah Kita Hanya Tumpukan Atom?

Apakah kita adalah tumpukan proton, neutron, elektron, dan beberapa partikel elementer?

Apakah batu, laut, samudera, awan, pohon, dan hewan lainnya juga merupakan tumpukan

Lalu mengapa beberapa tumpukan diberi respirasi, kehidupan dan kesadaran

Dalam kombinasi atom yang sama, ada kehidupan yang tidak berbahaya dan ada yang berbahaya;

Tidak ada jawaban, baik dari partikel Tuhan, atau eksperimen celah ganda

Mengapa dan bagaimana dua partikel terjerat meskipun dipisahkan oleh miliaran mil

Apakah kita hanya mengamati efek kumulatif dari kombinasi atom?

Namun tetap saja, kita berjalan dalam kegelapan, terkait pertanyaan mendasar

Yang Mahakuasa dapat dikurung dan diasingkan oleh sains, hanya ketika mereka memberi kita solusi yang sempurna.

Waktu Adalah Pembusukan Atau Kemajuan Tanpa Keberadaan

Waktu bukanlah apa-apa, melainkan proses peluruhan atau kemajuan yang terus menerus

Dengan sendirinya, waktu tidak memiliki eksistensi, atau apa pun yang dapat dimiliki oleh waktu

Waktu mungkin tidak mengalir dari masa lalu ke masa kini ke masa depan

Untuk memahami waktu dengan cara seperti itu adalah sifat alami otak kita

Kura-kura bahkan setelah melewati tiga ratus tahun tidak mengetahui masa lalu

Untuk masa depan, paus berusia dua ratus tahun tidak pernah merencanakan atau merupakan kepercayaan

Pengukuran waktu adalah proses yang relatif, untuk mengidentifikasi proses peluruhan yang lambat

Tapi selama jutaan tahun gunung dan lautan tetap kokoh

Otak manusia tidak dapat memahami waktu setelah seratus dua puluh tahun

Waktu tidak mengalir, tetapi membusuk, pikiran kita hanya takut: hari ini mari kita bersorak.

Para Firaun

Firaun Mesir sangat bijaksana dan realistis

Mereka tahu betul bahwa suatu saat kehidupan dapat menjadi statis

Firaun mulai membangun piramida segera setelah penobatan

Bagi mereka, mencoba untuk menjadi abadi bukanlah solusi yang praktis

Mereka tidak pernah berharap bahwa orang yang dicintai akan membangun sebuah monumen

Membangun kuburan sendiri selama masa hidup lebih relevan

Di India juga, pada masa kuno, orang-orang tua pergi ke Himalaya untuk menyambut kematian

Setelah memenangkan perang Mahabharata, para Pandawa mengikuti jalan yang sama

Banyak orang bijak mencoba berbagai trik dan cara untuk menjadi abadi

Tetapi menyadari kenyataan, kematian adalah kebenaran akhir, dan bersikap rasional.

The Lonely Planet

Bumi kita tercinta adalah planet yang kesepian di tata surya

Cocok untuk tempat tinggal dan kehidupan biologis dengan oksigen

Jutaan tahun evolusi membuat kita menjadi manusia dengan kesadaran

Tapi di planet yang sepi, bagi manusia ada kesepian

Mungkin ada delapan miliar homo sapiens yang hidup di bumi

Individu merasa kesepian dalam hidup mereka, bahkan setelah menjadi kaya dan pintar.

Kita adalah hewan sosial yang selalu kita klaim, tetapi sebenarnya keegoisan adalah permainannya

Keserakahan, ego, dan rasa superioritas membuat kita kesepian

Semua orang juga tahu bahwa sendirian mereka harus melakukan perjalanan terakhir.

Mengapa Kita Perlu Perang?

Mengapa kita membutuhkan perang di zaman modern

Komunisme sudah hampir mati

Diskriminasi rasial melambat

Polusi dan perusakan alam berada di puncaknya

Teknologi menggabungkan orang-orang dari semua ras dan agama

Namun karena pola pikir yang merusak, masa depan peradaban menjadi suram

DNA manusia yang suka memanas-manasi, selalu memimpin

DNA pencipta perdamaian dalam tubuh manusia terlalu lemah

Baik Tuhan maupun ilmu pengetahuan tidak berhasil menghentikan perang dan pembunuhan

Negara-negara maju masih sibuk dalam penjualan senjata

Negara-negara miskin dan bodoh menjadi medan pertempuran

Setiap saat ada ketakutan akan luka terbesar dari bom nuklir.

Melupakan Perdamaian Dunia yang Permanen

Ribuan tahun yang lalu ia mengajarkan kita tentang anti-kekerasan

Beliau menyadari pentingnya perdamaian dan keheningan

Tetapi sebagai pengikut Buddha, kita terus melakukan kekerasan

Yesus mengorbankan nyawanya untuk menghentikan pembunuhan dan kekejaman

Ajarannya juga sekarang telah hilang dari nilai-nilai kita secara diam-diam

Teknologi juga gagal menyatukan manusia secara permanen

Perdamaian dan persaudaraan yang permanen masih menjadi mimpi yang jauh

Untuk memulai kekerasan atas dasar kasta, ras, dan agama, semua orang tertarik

Keterjeratan kuantum gagal menjelaskan, kebencian, keserakahan, kecemburuan, dan ego

Kecuali solusi datang dari teknologi, perdamaian permanen dunia harus dilupakan.

The Missing Link

Anda tidak bisa memakan kue dan memilikinya juga
Ini bertentangan dengan hukum alam
Anda juga tidak dapat pergi ke masa lalu dan masa depan Anda
Mempercayai keduanya, Tuhan dan Darwin, adalah kemunafikan
Kedua hipotesis tersebut tidak mungkin benar, kita semua tahu
Namun, untuk menjawab pertanyaan dengan kesimpulan yang logis, kita lambat
Orang menafsirkan kedua hipotesis sesuai kenyamanan
Tapi hipotesis tersebut tidak pernah benar atau sains
Mata rantai yang hilang dari Darwin masih belum ditemukan
Itulah sebabnya mengapa sebagian besar orang berdoa kepada Tuhan dan mencari berkat.

Persamaan Tuhan Saja Tidak Cukup

Alih-alih mati di dalam kotak, kucing itu justru keluar dengan seekor anak kucing

Tidak ada yang memperhatikan atau menguji kucing tentang kehamilannya

Schrödinger memasukkan kucing ke dalam kotak, tanpa pengamatan yang cermat

Ketidakpastian mengenai prediksi lebih kompleks

Apakah kucing itu mati atau hidup bukanlah satu-satunya pertanyaan

Fisika Kuantum harus memberikan terlalu banyak pendapat dan solusi

Kucing itu bisa saja melahirkan beberapa bayi

Sedikit yang mati pada saat kotak dibuka dan sedikit yang hidup

Jawaban untuk persamaan Tuhan dan partikel Tuhan tidak cukup

Untuk menyelesaikan pertanyaan tentang keberadaan alam semesta sangatlah sulit.

Kesetaraan Perempuan

Mereka menyiksa seorang wanita yang sendirian atas nama kesenangan

Terkadang tiga, terkadang empat dan terkadang lebih

Naluri binatang dalam bentuk terburuk untuk menghancurkan femme fatale

Demi uang, atas nama kebebasan sipil, jiwa wanita dihancurkan

Dan mereka mengaku sebagai pembawa obor kemanusiaan dan peradaban

Dalam proses berpikir orang-orang tidak ada rasionalitas dan modernitas

Membenarkan segala sesuatu, di bawah kompleks superioritas, ego dan kehendak bebas

Dan mengklaim kesetaraan perempuan di wilayah dan budaya mereka

Setelah Anda mengangkat tabir, Anda dapat melihat kebenaran berleher dari perdagangan perempuan

Eksploitasi atas naluri binatang, kebrutalan, perlakuan tidak manusiawi berkedip.

Tak terbatas

Tak terhingga dikurangi tak terhingga bukanlah nol, tetapi tak terhingga

Kata tak terhingga adalah kata yang aneh bagi umat manusia

Konsep ketidakterbatasan hanya terbatas pada homo sapiens

Semua makhluk hidup lainnya tidak peduli dengan alam semesta yang tak terbatas

Konsep tak terhingga di antara manusia beragam

Hitungan angka berakhir pada ketidakterbatasan, karena otak kita tidak dapat memahaminya

Tapi bagi galaksi dan bintang, ketidakterbatasan berarti tanpa batas

Di luar batas, otak kita dan para ilmuwan tidak dapat melacak

Ketika konsep Tuhan datang, ketidakterbatasan memiliki dasar singularitas

Tanpa infinity, matematika dan fisika akan masuk ke dalam pengirikan.

Melampaui Bimasakti

Seberapa besar kosmos atau alam semesta di luar jangkauan otak manusia

Hambatan kecepatan dan waktu akan membuat kita tetap berada di area lokal galaksi Bima Sakti

Bahkan galaksi Bima Sakti sangat luas sehingga menjelajahi semua sudut dan sudutnya tidak mungkin dilakukan

Dengan amoralitas kehidupan manusia oleh sains dan kecerdasan buatan juga akan menjadi singkat

Sebelum menyelesaikan survei dan perjalanan, matahari kita sendiri akan meredup dan mati selamanya

Mencoba menjelajahi galaksi Bima Sakti dalam dimensi waktu adalah hal yang tidak masuk akal

Untuk melakukannya, hidup kita harus berada di luar lingkup ruang dan waktu

Bagaimana keberadaan materi dan galaksi yang tak terbatas ini bisa ada adalah permainan yang aneh

Kita masih berada dalam kegelapan tentang materi gelap alam semesta dan bagaimana asalnya

Perjalanan astronomi dan penjelajahan Bima Sakti akan sangat panjang.

Berbahagialah Dengan Hadiah Hiburan Dan Teruslah Maju

Tidak ada yang pernah, sedang, dan tidak akan ada dalam kendali saya

Namun, saya selalu puas dengan hadiah konsolidasi

Setiap kali saya berdiri lagi dan lagi bahkan setelah jatuh dengan hebat

Tidak pernah meminta bantuan dari raja atau sesama teman untuk menempatkan saya di jalur yang benar

Saya hanya percaya diri pada diri sendiri dan kemampuan saya

Banyak orang mencoba menjatuhkan saya lagi dan lagi

Saya menertawakan mereka, karena usaha mereka akan sia-sia

Atas keinginan dan usaha mereka, mereka juga tidak pernah memiliki kendali

Ketika mereka tidak bisa membuat hidup mereka sendiri bermakna dan hebat

Bagaimana mereka bisa menghalangi kegiatan saya saat ini dan di masa depan

Mereka senang membuang-buang waktu hidup mereka yang berharga

Bergosip dan mengolok-olok adalah teman pria yang menganggur seperti pisau yang tidak berguna.

Covid19 Gagal Mengikat

Covid-19 gagal melumpuhkan peradaban dan semangat manusia

Jadi, dengan cepat orang melupakan bencana yang telah dihadapi umat manusia

Tidak ada lagi yang mengingat mereka yang kehilangan nyawa secara tiba-tiba

Orang-orang kembali terlalu sibuk dengan kehidupan sehari-hari, tidak ada waktu untuk menengok ke belakang

Keserakahan, ego, kebencian dan kecemburuan manusia tetap seperti itu

Tidak ada pelajaran umum yang dipelajari sebagai sebuah masyarakat atau kelompok orang

Pola pikir manusia ini benar-benar aneh dan mengejutkan

Hal yang baik adalah bahwa pertunjukan ini berlangsung tanpa gangguan apa pun

Untuk bertahan hidup dalam bencana terburuk, bagi umat manusia, ini adalah solusi terbaik

Biarkan peradaban terus berjalan mengikuti hukum seleksi alam.

Jangan Menjadi Miskin Pola Pikir

Anda mungkin miskin saldo bank, tetapi jangan pernah miskin pikiran

Kapan saja, di mana saja kekayaan dan uang, Anda dapat dengan mudah menemukannya

Sikap adalah hal yang paling penting untuk menaiki tangga menuju kesuksesan

Di setiap platform setelah mendaki, Anda akan menemukan berlian mentah dalam kotak penuh

Tidak ada lampu ajaib dalam kehidupan nyata seperti dongeng, Anda harus memotong berlian mentah

Di platform tangga berikutnya, pemolesan berlian harus dilakukan

Jika sikap Anda negatif, Anda tidak akan pernah bisa mendaki tempat yang tinggi

Anda akan tetap berada di dasar Himalaya sebagai orang miskin

Ketika teman dan tetangga Anda berhasil, Anda akan kagum

Tetapi penderitaan mereka saat mengumpulkan mutiara dari laut dalam, tidak ada yang menyadari.

Berpikir Besar Dan Lakukan Saja

Ketika Anda berpikir, berpikirlah besar dan lakukan saja

Makan ide, minum ide, mimpikan ide

Tidak ada yang bisa menghentikan Anda untuk mewujudkan ide Anda

Bekerja keras dengan dedikasi dan berpegang teguh pada ide Anda dengan kuat

Tidurlah dengan ide besar dan perencanaan Anda

Jalan baru dan solusi masalah akan datang di pagi hari

Di setiap persimpangan jalan, mungkin ada keraguan dan kebingungan

Tapi dengan ketekunan Anda akan segera menemukan solusinya

Jangan menyerah pada mimpi dan ide liar Anda, menghadapi kritik

Sebelum Anda berhasil dan mencapai puncak, Anda akan selalu berkecil hati dengan sinisme.

Otak Saja Tidak Cukup

Otak diperlukan untuk kecerdasan dan kesadaran

Tetapi otak saja tidak cukup untuk memiliki emosi dan kebijaksanaan

Neuron yang dipancarkan selama cinta, benci, cemburu itu kompleks

Keterikatan antara pikiran dan otak selalu membingungkan

Semua mamalia memiliki kecerdasan dengan urutan dan tingkat yang berbeda

Dalam beberapa tugas yang lebih dari homo sapiens, hewan lain dapat unggul

Kisah yang berbeda tentang keunggulan yang harus diceritakan oleh setiap kerajaan hewan

Adalah baik bahwa kesadaran tentang surga, hewan tidak bisa mengatakannya

Ini tidak berarti, kecuali manusia, semua masuk neraka

Hanya pada manusia, khayalan dan tipu daya sangat mudah dijual.

Berhitung dan Matematika

Orang-orang tahu perbedaan antara makan satu apel dan dua apel

Konsep kemampuan numerik dikaitkan dengan DNA

Otak dapat memahami angka sebelum matematika ditemukan

Bahkan hewan dan burung juga dapat memvisualisasikan angka di otak mereka

Kecerdasan yang diinduksi, matematika modern saat ini dilatih

Penemuan matematika adalah lompatan besar bagi peradaban manusia

Tanpa matematika, miliaran masalah tidak akan ada solusinya

Kemampuan numerik dan bahasa adalah inti dari kecerdasan manusia

Untuk kemajuan dan kesuksesan, kedua komponen ini sangat penting

Kecerdasan emosional juga melekat pada gen manusia

Pengalaman dan lingkungan membuat kecerdasan dan emosi menjadi kuat dan bersih.

Memori Tidak Cukup

Menghafal fakta dan angka serta mereproduksi saja bukanlah kecerdasan

Pengetahuan itu sendiri bukanlah kekuatan, melainkan hanya sebuah senjata untuk berkuasa

Imajinasi dan inovasi lebih penting daripada ingatan dan pengetahuan

Kecerdasan buatan memiliki ingatan yang lebih baik yang harus kita terima dan akui

Namun, akan sulit bagi AI untuk mengalahkan manusia dalam hal inovasi dan penemuan

Kita memiliki imajinasi, emosi, dan kebijaksanaan yang masih kurang dimiliki oleh AI

Dalam perlombaan untuk penemuan dan inovasi, manusia memiliki dukungan DNA

Di era komputer dan ChatGPT, berpikirlah di luar kotak hitam dan batas

Imajinasi dan kebijaksanaan Anda adalah unik bagi Anda dan berikan sayap

Dalam pertarungan dengan AI dan komputer, manusia akan berhasil di atas ring.

Lebih Banyak yang Anda Berikan, Lebih Banyak yang Anda Dapatkan

Semakin banyak yang Anda berikan kepada mereka yang kurang beruntung, semakin banyak yang Anda dapatkan

Kemurahan hati adalah nilai kemanusiaan yang lebih tinggi dan agung

Hukum tarik-menarik tidak akan membiarkan kekayaan bersih Anda turun

Hukum gerak ketiga Newton berlaku untuk setiap bidang kehidupan

Hukum alam mengalir seperti pipa air yang bebas gangguan

Buah dari perbuatan baik mungkin membutuhkan sedikit waktu untuk matang

Tapi yakinlah, itu akan datang suatu hari nanti, mungkin dalam bentuk yang berbeda

Ketika Anda menanam pohon apel, alam tidak akan memberikan blackberry

Buah ini, tak bisa kau ubah, ia adalah wilayah alam itu sendiri

Untuk dunia baru yang lebih baik, dengan kebajikan yang baik, selalu tunjukkan solidaritas.

Melepaskan dan Melupakan Sama Pentingnya

Hidup adalah integrasi dari terlalu banyak penyiksaan tubuh dan pikiran

Karena semangat juang kami di DND, cara yang selalu kami temukan

Penyiksaan membuat tubuh dan jiwa kami lebih kuat seperti penempaan baja

Sebagian besar luka-luka, dengan mudah sistem ketahanan kita dapat menyembuhkannya

Penyembuhan pikiran mungkin sulit, namun waktu dan situasi memaksa untuk bergerak

Masalah terberat dalam hidup juga, suatu hari nanti bisa diselesaikan oleh waktu

Melupakan sesuatu adalah kebajikan yang baik untuk menyeimbangkan jiwa kita

Dalam ingatan yang kedap air, hidup kita akan menjadi penjara dan neraka

Untuk melupakan penghinaan dan penyiksaan dalam hidup, melepaskan itu penting

Kecerdasan buatan seperti ingatan, bagi otak manusia, memiliki potensi bencana.

Probabilitas Kuantum

Keberadaan kita dengan kefanaan adalah satu-satunya keajaiban di alam semesta

Tidak ada hal lain yang aneh, semuanya diatur oleh hukum-hukum tertentu

Di seluruh galaksi, tidak ada absurditas, keterbatasan, dan kekurangan

Atom, partikel dasar, atau peluruhan neutron bukanlah hal yang baru

Sejak awal pembentukan materi, variasi fisika hanya sedikit

Relativitas, mekanika kuantum mungkin merupakan pengetahuan baru bagi peradaban

Tapi jauh sebelum manusia, alam telah melakukan semua standarisasi

Fisika atau proses apapun tidak dapat memaksa proton untuk berputar mengelilingi elektron

Pada pembentukan dunia material, tidak ada seleksi alam

Semua pengetahuan kita adalah probabilitas kuantum dan kombinasi permutasi.

Elektron

Alam semesta materi pada dasarnya tidak stabil
Karena elektron tidak bisa diam saja
Elektron adalah salah satu partikel terpenting
Tetapi perilaku dan sifatnya tidak sederhana
Keberadaan elektron dalam atom bersifat dialektis
Untuk mengikat proton dan neutron, peran elektron sangat penting
Mungkin karena elektron tidak stabil, kekacauan selalu meningkat
Entropi alam semesta dan ciptaan tidak pernah berkurang
Tangisan seorang anak saat lahir melalui DNA adalah efek elektron
Kekacauan dan kekacauan akan meningkat, bayi yang baru lahir juga merefleksikannya.

Neutrino

Neutrino adalah pendamping elektron yang kuat

Namun, mereka diabaikan dan tidak sepopuler rekan-rekan mereka

Mereka disebut partikel hantu karena dapat menembus segala sesuatu

Tidak ada yang tahu apakah mereka adalah gelombang tali yang bergetar

Kita juga tidak tahu bagaimana mereka mendapatkan massa saat melakukan perjalanan universal

Tapi sebagai partikel fundamental, neutrino memiliki banyak arti

Neutrino memiliki tiga rasa yang berbeda, yang menarik

Bahkan ketika berhadapan dengan partikel Tuhan Higgs boson, neutrino tetaplah licik

Neutrino berasal dari matahari dan dari sinar kosmik

Fisika partikel harus membahas lebih jauh tentang neutrino hantu.

Tuhan Adalah Manajer yang Buruk

Tuhan adalah seorang ahli fisika yang hebat dan insinyur yang sangat baik

Tetapi Dia adalah guru manajemen yang buruk dan dokter yang buruk

Manajemen dunia sangat buruk dengan konflik

Pergerakan manusia melalui visa yang dia batasi

Tidak ada batasan untuk hewan dan burung tingkat rendah, alasannya tidak diketahui

Namun, sedikit kebaikan terhadap hewan yang ia tunjukkan

Anak-anak terbunuh dalam perang dan oleh para ekstremis setiap hari

Namun untuk menghentikan semua kekejaman terhadap hewan kesayangannya, ia tidak pernah mengatakan

Jutaan orang meninggal setiap tahun karena menderita penyakit yang tidak dapat disembuhkan

Para dokter menghasilkan banyak uang dan Tuhan memuji kegiatan ini

Para insinyur berinovasi, tanpa terlalu memikirkan konsekuensinya

Atas nama menyelamatkan nyawa, sering kali para dokter melakukan kesalahan dalam urutan.

Fisika Adalah Bapaknya Teknik

Fisika adalah bapak dari semua disiplin ilmu teknik

Elektro adalah bapak dari elektronika, tetapi keduanya tidak sederhana

Mekanik adalah bapak dari teknik produksi

Untuk klaim balik sebagai bapak, mekatronika menderita

Teknik sipil memiliki banyak anak angkat tanpa hubungan DNA

Teknik kimia sibuk, bagaimana molekul berpikir

Anak bungsu fisika, ilmu komputer sekarang menjadi raja

Mereka mengalahkan semua teknik untuk mengklaim takhta di atas ring

Ponsel pintar dan komputasi kuantum akan membantu mereka berkuasa beberapa tahun lagi

Ketika kecerdasan buatan berintegrasi dengan otak, semua orang akan bersorak.

Pengetahuan Masyarakat Tentang Atom

Pengetahuan orang awam tentang atom berakhir pada elektron

Mereka puas dengan mengetahui tentang proton dan neutron

Mereka tidak perlu khawatir tentang foton, positron, atau boson

Orang-orang puas dengan pengetahuan tentang solusi jatuhnya apel

Dalam prosesnya, harga apel naik karena populasi

Komputer dan ponsel pintar membantu dalam ledakan pengetahuan

Tetapi orang-orang menggunakannya untuk menghabiskan waktu dan teman untuk menghibur

Buku memainkan peran yang lebih baik untuk menyebarkan tentang elektron, neutron, dan proton

Bahkan setelah ada Google dan Wikipedia, tidak tahu boson

Teknologi semakin banyak digunakan untuk membenarkan agama yang sudah ketinggalan zaman.

Elektron yang Tidak Stabil

Fungsi gelombang runtuh tanpa sepengetahuan dan pengamatan kita

Elektron memancarkan energi untuk tetap berada di orbit dalam bentuk foton

Untuk tidak runtuhnya elektron, prinsip pengecualian Pauli adalah solusi

Elektron memiliki probabilitas yang kabur di dalam inti yang tidak dapat ditentukan

Prinsip ketidakpastian Heisenberg mencoba mengatakan tentang posisi yang tidak pasti

Struktur atom adalah wadah bagi elektron untuk berputar mengelilingi inti

Elektron bebas kehilangan energi untuk membuat atom stabil di alam

Tetapi tidak mungkin elektron seperti ini selamanya dalam sistem

Karena gravitasi, ketika proton menangkap elektron, elektron menjadi neutron

Akhirnya, semuanya runtuh menjadi lubang hitam di galaksi, di luar imajinasi kita.

Kekuatan Fundamental

Gravitasi, elektro-magnetisme, kekuatan nuklir yang kuat dan lemah adalah hal yang mendasar

Keempatnya adalah alam semesta dan galaksi yang mengatur dan mengendalikan sumber

Tidak ada materi yang bisa ada tanpa kekuatan fundamental ini

Gaya nuklir kuat dan lemah adalah sumber ikatan atom

Tanpa gravitasi, bintang, planet, dan galaksi akan bertabrakan

Elektro-magnetisme sangat penting bagi fungsi otak dan komunikasi kita

Karena keempat gaya ini, maka terjadilah kombinasi planet

Mengapa dan bagaimana gaya-gaya ini datang sulit untuk dikatakan dengan yakin

Ikatan atom-atom setelah dentuman besar, terjadi karena gaya-gaya ini secara perlahan-lahan

Dalam proses pendinginan setelah dentuman besar, gaya-gaya ini membuat segalanya menjadi teratur.

Tujuan Homo Sapiens

Selama beberapa miliar tahun tidak ada tujuan makhluk hidup di bumi

Tiba-tiba sekitar sepuluh ribu tahun yang lalu, tujuan manusia datang?

Tidak ada makhluk hidup yang tahu, apa tujuan mereka di planet ini dengan adanya sinar matahari

Namun dengan sinar matahari, planet yang disebut oleh manusia sebagai bumi menjadi terang benderang

Nenek moyang kita, monyet dan simpanse, menjaga planet ini dengan baik

Setelah manusia menyadari kecerdasan mereka, mereka mengklaim tujuan

Semua hewan lain adalah pelayan mereka, homo sapiens mengira

Tujuan manusia mungkin adalah imajinasi mereka sendiri

Untuk menerima hipotesis tujuan, tidak ada solusi ilmiah

Teori Darwin tentang seleksi alam, bertentangan dengan konsep tujuan

Namun karena seleksi alam memiliki mata rantai yang hilang, sebagian besar orang menerimanya.

Sebelum Missing Link

Sebelum mata rantai yang hilang dalam proses evolusi

Evolusi memiliki terobosan lain yang berhasil

Pemisahan kromosom X dan kromosom Y

Makhluk hidup yang netral jenis kelaminnya juga mampu bereproduksi

Untuk jenis kelamin dan reproduksi, kromosom netral tidak perlu merayu

Diferensiasi jenis kelamin melalui kromosom menciptakan ketidaksetaraan

Dua kode DNA yang terpisah antara laki-laki dan perempuan muncul dengan tegas

Apakah diferensiasi gender untuk kemampuan reproduksi yang lebih baik

Ataukah untuk mempermudah evolusi penciptaan makhluk hidup tingkat tinggi?

Baik kromosom X maupun kromosom Y adalah tumpukan atom

Namun karakteristik dan sifat-sifatnya berbeda dan acak

Seperti mata rantai yang hilang, mengapa dan bagaimana perbedaan jenis kelamin, kita tidak memiliki solusi.

Adam dan Hawa

Mitos Adam dan Hawa mewakili kromosom X dan Y

Perkawinan keduanya menghasilkan pembentukan kehidupan baru, generasi berikutnya

DNA membawa karakteristik dan informasi genetik

Gen bertanggung jawab atas mutasi dan evolusi yang berkelanjutan

DNA pembawa informasi adalah pemberi selamat untuk seleksi alam

Kesadaran datang melalui informasi atau tidak adalah kabur

Keterikatan kuantum partikel membuat kita gila

Dalam proses keterikatan, banyak orang terlahir malas

Seluruh gambaran kombinasi atom hingga manusia dengan kehidupan masih kabur.

Bilangan Imajiner Itu Sulit

Angka imajiner sulit untuk dibayangkan dan dipahami

Kompleksitas, pikiran dan otak kita, tidak dapat dengan mudah dipahami

Hal-hal yang terlihat dan dapat disentuh, otak dapat dengan mudah terungkap

Latihan yang sulit, pikiran selalu suka disimpan dalam keadaan dingin

Itulah sebabnya untuk mengungkapkan hal-hal yang kompleks, analogi sangat berani

Melihat dan menyentuh adalah percaya, adalah naluri dasar manusia

Untuk fisika dan filsafat Imajiner, ada minat yang terbatas

Untuk mengeksplorasi hal-hal dan ide-ide baru, imajinasi adalah yang terbaik

Tanpa imajinasi, mungkin atau tidak, ilmu pengetahuan tidak dapat bergerak maju

Ketika Anda menemukan atau menciptakan hal-hal baru, Anda selalu mendapatkan imbalan yang baik.

Penghitungan Terbalik

Pada tahap terakhir untuk memulai balapan, selalu ada penghitungan mundur

Karena pada tahap ini tekanan mental sangat besar dan memuncak

Dalam hitungan mundur, nol dianggap sebagai titik awal

Keberhasilan atau kegagalan akhir dari perjalanan atau perlombaan nol hanya bersama

Ketika Anda sudah cukup matang dalam perjalanan hidup yang indah

Belajarlah untuk melakukan penghitungan mundur untuk kesuksesan yang lebih besar atau lebih hebat

Tanpa penghitungan mundur, tujuan akhir tidak dapat diproses oleh siapa pun

Kehidupan manusia terlalu singkat untuk menghitung secara progresif hingga tak terbatas

Penghitungan mundur adalah satu-satunya cara untuk bergerak di jalur yang benar dengan solidaritas

Jika Anda gagal memulai penghitungan mundur dan tidak berhasil, jangan salahkan takdir.

Semua Orang Mulai Dengan Nol

Kita semua terlahir untuk menghitung dengan teriakan yang dimulai dari nol

Dalam menghitung maju pencapaian lebih banyak, Anda adalah pahlawan

Waktu tidak memungkinkan sebagian besar dari kita untuk menghitung lebih dari seratus

Pada usia sembilan puluh, orang menyerah dengan antusias dan menyerah

Pada usia lima puluh saat kita berada di tengah, lebih baik mulai menghitung mundur

Ini akan membantu Anda untuk menghargai hidup dan tersenyum untuk hadiah kehidupan

Tanpa disadari, orang menghitung tahun, bulan atau hari

Besok, banyak orang tidak akan bisa melihat sinar matahari pagi

Jika Anda memulai penghitungan maju dan mundur tepat waktu

Ketika waktu Anda berakhir, Anda pasti akan mencapai puncaknya.

Pertanyaan Etis

Semua pengetahuan, pengalaman, dan kecerdasan kita diperoleh sendiri

Kecerdasan Buatan dari dunia yang dapat diamati, otak kita juga diperlukan

Jika kita mencoba mengalami semuanya secara pribadi, terlalu cepat kita akan menjadi lelah

Mengadopsi pengetahuan dari orang lain tanpa verifikasi bersifat artifisial

Banyak dari pengetahuan tersebut terbukti salah, di masa depan

Emosi seperti cinta, benci, marah juga bisa dibuat-buat oleh otak

Untuk berbagai alasan, untuk senyum dan kegembiraan buatan, otak kita kita coba latih

Kecerdasan buatan adalah bagian dari peradaban manusia untuk kemajuan

Tanpa kecerdasan buatan tidak akan ada kesuksesan yang lebih cepat dan cepat

Integrasi kecerdasan alami dan AI adalah tugas yang paling sulit

Sebelum Integrasi total dengan otak manusia, pertanyaan etis, masyarakat harus bertanya.

All-Sin-Tan-Cos

Kehidupan manusia adalah perjalanan empat kuadran dalam waktu

Jika Anda dapat menyelesaikan keempat kuadran, Anda beruntung dan baik-baik saja

Setiap orang harus melalui dua puluh lima tahun belajar

Pertumbuhan tubuh fisik mencapai akhirnya

Semua tidak beruntung melewati kuadran pertama, karena ketidakpastian

Waktu dan usia kematian masih merupakan keajaiban bagi umat manusia

Di kuadran kedua dua puluh lima tahun, Anda terlalu sibuk bekerja

Untuk mencari kehidupan yang lebih baik dan keamanan di masa depan, semua orang berlari

Beberapa orang bergerak sendiri tanpa pendamping, untuk bersenang-senang

Kuadran ketiga adalah waktu untuk konsolidasi dan penyempurnaan

Pengetahuan, keterampilan, dan kekayaan Anda mulai terakumulasi

Dividen, kesuksesan, dan hubungan Anda, Anda mulai menghitung

Di kuadran ketiga, Anda adalah bos dan CEO yang memimpin yang lain

Perlahan-lahan Anda kehilangan selera untuk mendapatkan lebih banyak kekayaan dan bergerak lebih jauh

Aktualisasi diri dan mengenal diri sendiri menjadi hal yang penting

Pada saat Anda memasuki kuadran keempat, bayangan Anda menjadi panjang

Tubuh Anda terkena terlalu banyak penyakit, Anda tidak lagi kuat

Tekanan, gula dan penyakit lainnya, Anda harus mengendalikannya melalui pil

Efek samping dari obat-obatan juga sangat buruk dan dapat membunuh orang

Terkadang, Anda menjadi khawatir melihat tagihan medis Anda

Tidak ada yang mau repot-repot mengurus Anda, semua sibuk di kuadran mereka sendiri

Sebagian besar teman Anda juga meninggalkan dunia, dan teman menjadi berlebihan

Lakukan kegiatan Anda di setiap kuadran secara efisien dan bijaksana

Anda tidak akan menyesal di akhir kuadran keempat.

Kekuatan Api

Penemuan api mengubah arah peradaban manusia

Penemuan ini meletakkan dasar kekuatan api dalam penanggulangan konflik

Semakin banyak Anda memiliki kekuatan api untuk menekan hewan yang lebih lemah

Lebih banyak Anda memiliki kemungkinan ekspansi dan bertahan hidup

Kekuatan api membantu manusia menjadi yang terkuat untuk bertahan hidup dan berkembang

Akibat kebakaran hutan yang masif, banyak hewan yang mengalami kemunduran

Manusia masih membawa api di dalam hati mereka, baik secara positif maupun negatif

Hal ini dibuktikan dengan adanya peperangan dalam sejarah, yang menjadi destruktif

Namun api hati yang positif membantu manusia menjadi konstruktif

Namun untuk peradaban, kekuatan api dari teknologi modern mungkin terbukti menentukan.

Night And Day

Setiap malam ketika aku menangis
"Dunia tetap pemalu
Untuk menghibur, alam semesta tidak mencoba
Rasa sakit menjadi goreng
Hati kosong dan kering
The kesepian skylark terbang
Sepanjang malam adalah saya
Sendirian suatu hari aku akan mati
Kepada saya yang sudah mati, orang akan mengucapkan selamat tinggal
Namun, ketika matahari terbit, semangatnya tinggi
"Pada siang hari, tidak ada waktu untuk menangis
Tidak ada alasan mengapa
Hanya aku yang harus melakukan dan mati.

Kehendak Bebas dan Hasil Akhir

Dalam kemacetan lalu lintas, saya memiliki pilihan untuk bebas memilih ke kiri atau ke kanan

Tetapi setiap kali mengambil keputusan sendiri, gerakannya menjadi ketat

Apakah ke kiri, kanan atau putar balik, perjalanan masa depan jarang cerah

Untuk bergerak setiap meter, saya dipaksa oleh takdir saya untuk bertarung

Dengan kehendak bebas, pasangan yang telah jatuh cinta selama sepuluh tahun itu memutuskan untuk menikah

Menyelenggarakan pernikahan dengan pasar malam sebagai penyiangan tujuan

Setelah tiga bulan, semua orang terkejut melihat mereka berpisah

Pemuda itu naik pesawat ke luar negeri untuk masa depan yang cerah dengan kehendak bebas

Tetapi bahkan setelah kehendak bebas dan banyak harapan, dalam kecelakaan penerbangan, dia terbunuh

Ada hubungan yang tidak pasti antara kehendak bebas dan hasil akhir

Setiap saat prinsip takdir atau ketidakpastian dapat menyerang.

Probabilitas Kuantum

Alam semesta dimulai dengan proses partikel-partikel kuantum yang kacau

Segala sesuatu yang terjadi setelahnya adalah probabilitas kuantum

Bintang-bintang, dan benda-benda langit lainnya berputar dalam jalur orbit yang teratur

Tapi secara keseluruhan alam semesta, galaksi selalu dimaksudkan untuk berkarat

Entropi alam semesta harus terus meningkat untuk kelangsungan hidupnya

Untuk menjelaskan pemuaian alam semesta, energi gelap sangat penting

Multiverse tidak lain adalah probabilitas kuantum tanpa bukti

Mut dalam setiap filosofi agama, multiverse memiliki akar yang tak tertahankan

Fisika juga memiliki teori dan hipotesis yang berbeda mengenai asal-usul kita

Kebenaran realitas yang sederhana dan hakiki hingga saat ini masih bersifat ilusif dan belum ada yang melihatnya.

Kefanaan dan Keabadian

Saya senang bahwa saya fana, ke dunia beberapa hari pelancong

Saya lebih bahagia karena semua yang lain abadi dan penyedia layanan

Teman-teman dan kerabat yang abadi akan mengucapkan selamat tinggal ketika saya pergi

Tidak ada yang akan tahu, inning saya berikutnya, jika ada, bagaimana saya akan memulainya

Setelah seminggu, semua orang akan melupakan saya, karena orang-orang pintar

Mereka akan sibuk di supermarket, mengisi gerobak rumah tangga mereka

Meski begitu, waktu akan berlalu dengan cara yang sama, berhari-hari, berbulan-bulan, bertahun-tahun dengan sangat cepat

Karena Keabadian, mereka tidak akan pernah lelah atau tidak akan lapuk atau berkarat

Setelah seratus tahun, seseorang mungkin akan memperingati seratus tahun kematianku

Setelah seribu tahun, seseorang mungkin menemukanku di internet, mungkin mengatakan bahwa aku masih hidup

Tapi reaksinya akan tanpa emosi dan sesaat

Kefanaan dan Keabadian berjalan beriringan, orang tidak ingin mati

Namun sampai hari terakhir dalam hidup saya, untuk menjadi abadi, saya tidak akan pernah mencobanya.

Gadis Gila di Persimpangan Jalan

Dia berkeliaran di perempatan jalan, setiap hari, tertawa, tersenyum dan berbicara sendiri

Tidak pernah peduli siapa yang datang, siapa yang pergi, sama sekali tidak tertarik pada perhatian

Tidak peduli dengan pakaiannya yang kotor, wajah tanpa riasan dan rambut berdebu

Jika tersenyum dan tertawa adalah tanda kebahagiaan, dia pasti bahagia dan gay

Dia juga harus menjadi tumpukan proton, neutron, elektron, dan partikel fundamental lainnya

Mengikuti hukum gerak yang sama, elektromagnetisme gravitasi, dan mekanika kuantum

Namun, dia berbeda, mungkin perilaku elektron yang tidak stabil yang sulit diatur

Para dokter tidak dapat memberikan solusi, mengapa dia berbeda dan bisa disembuhkan

Tidak ada penjelasan nyata untuk perilaku tidak simetris dari kesadarannya

Kesadaran dan emisi neuronnya di luar penjelasan teori kuantum

Karena wajahnya yang tersenyum dan bahagia, orang-orang menunjukkan rasa kasihan dan mengungkapkan rasa kasihan

Namun, terlepas dari para pengamat kuantum, dia menjalani hidupnya dengan gembira.

Atom Versus Molekul

Molekul mungkin bukan hal yang fundamental dalam penciptaan planet dan alam semesta

Karbon, hidrogen, oksigen, silikon, dan nitrogen membuat bumi menjadi beragam

Kalsium, besi, natrium, kalium semuanya dalam bentuk molekul yang terbenam

Tanpa kombinasi atom-atom, molekul tidak mungkin ada memang benar

Tapi tanpa menjadi molekul, keberadaan unsur tidak dapat bertambah

Neutron dapat meluruh menjadi proton dan elektron menjadi atom yang berbeda

Kombinasi proton dan elektron juga terjadi secara acak

Protein dan asam amino hadir dalam bentuk molekul untuk memungkinkan terjadinya kehidupan

Fotosintesis untuk menyediakan makanan bagi dunia hewan dalam keadaan atomik tidak mungkin dilakukan

Karena molekul tidak tidak stabil seperti atom, maka untuk keberadaan kita, molekul dapat diandalkan.

Mari Kita Ambil Resolusi Baru

Sungai, danau, laut, dan samudra semuanya memiliki dasar

Kedalaman setiap badan air tidak simetris tetapi acak

Bukit mungkin tinggi atau pendek, hijau atau putih sepanjang tahun

Tapi untuk karakteristik segala sesuatu, hanya atom yang penting

Keindahan alam atau bintang-bintang atau wanita, semuanya adalah tumpukan atom

Tidak ada yang bisa melihat keindahan apa pun tanpa pancaran foto

Partikel dan atom fundamental, membuat semua perbedaan dalam kombinasi

Manusia tidak memiliki kendali atas apa pun dalam pembentukan awal

Manusia juga tidak melakukan apapun untuk mempercepat atau memperlambat proses evolusi

Untuk membuat dunia lebih baik dengan cinta dan persaudaraan, kita dapat mengambil resolusi.

Statistik Fermi-Dirac

Dalam kehidupan kita sehari-hari, kita melihat banyak orang tanpa interaksi

Statistik Fermi-Dirac dapat memberi kita solusi pemahaman yang masuk akal

Statistik ini dapat diterapkan pada mekanika klasik dan kuantum

Setiap manusia memiliki pola pikir, sikap, dan dinamika yang berbeda

Setiap partikel fundamental memiliki cara sendiri untuk mencapai kesetimbangan termodinamika

Bahkan tanpa massa yang dapat diukur, partikel memiliki momentumnya

Statistik Bose-Einstein juga berlaku untuk partikel yang identik dan tidak dapat dibedakan

Seluruh proses mendeskripsikan partikel itu kompleks dan tidak sederhana

Pada titik tertentu, di alam semesta yang tak terbatas, pemahaman kita lumpuh

Namun, keingintahuan pikiran dan fisika manusia tidak pernah sepenuhnya lumpuh.

Mentalitas yang tidak manusiawi

Orang-orang menjadi tidak manusiawi dan kejam

Meskipun sekarang ini tidak ada duel sejarah

Tapi untuk membunuh orang yang tidak bersalah, masalah kecil bisa menjadi bahan bakar

Toleransi turun lebih cepat daripada hukum pengembalian yang semakin berkurang

Jika kau membela kebenaran dan keadilan, peluru berikutnya mungkin giliranmu.

Untuk insiden kecil, banyak kota orang marah membakar

Setiap saat, di mana saja dengan alasan apa pun, kekerasan yang mematikan bisa kembali

Manusia sekarang ini haus akan darah manusia

Lebih banyak orang yang mati di dunia ini karena kekerasan daripada karena banjir yang dahsyat

Pengorbanan Yesus bagi umat manusia, kini berada di ujung tanduk, karena kekejaman sedang berada di puncaknya

Dengan kekerasan, perang, kebencian, intoleransi, segera jalinan umat manusia akan hancur.

Proses Bisnis

Apakah hidup hanya sebuah proses bisnis untuk memaksimalkan produktivitas dan keuntungan

Atau itu adalah proses alami, untuk berkontribusi pada evolusi dan kemajuan

Seluruh masyarakat sekarang menjadi tempat untuk memasarkan produk

Cara membodohi orang sekarang menjadi keterampilan besar untuk bertahan hidup dan menjadi yang terkuat

Mustahil untuk melanjutkan dengan kebenaran dan menjadi sederhana dan jujur

Ada keserakahan yang tak terbatas untuk mendapatkan kekayaan dan menjadi terkenal dengan cara apa pun

Untuk pengayaan mental, tidak ada yang mau menghabiskan waktu atau membaca buku

Di pasar, entah bagaimana Anda harus menjual jasa atau produk Anda

Dari tatanan sosial, hubungan dan nilai, selalu mengurangi

Jika Anda tidak dapat melakukan pemasaran dan mendapatkan keuntungan, tidak ada yang bisa Anda bangun dalam hidup Anda.

Rest In Peace (RIP)

Ketika saya meninggal, seseorang mungkin akan menulis berita kematian

Tapi mengatakan beristirahat dengan tenang akan menjadi komentar utama

Tidak ada yang bertanya kepada saya, apakah saya sudah tenang atau belum

Bahkan teman-teman terdekat saya juga jatuh di tempat yang sama

Saya juga tidak bertanya kepada siapa pun, mengenai kedamaian mereka

Setelah kematian teman-teman saya sampai sekarang, saya juga mengikuti cara yang sama

Kematian sekarang sangat murah dan tanpa emosi bagi kita semua

Meskipun benar bahwa suatu hari semua orang akan naik bus

Setelah kematian, kedamaian dan kebahagiaan menjadi tidak relevan

Beristirahat dengan tenang adalah paten gaya hidup modern yang sangat baru

Orang-orang terlalu sibuk dan tidak punya waktu untuk kedamaian dan istirahat

Setelah kematian, mengucapkan selamat beristirahat dengan tenang kepada teman-teman adalah hal yang mudah dan terbaik.

Apakah Jiwa itu Nyata atau Imajinasi?

Keberadaan jiwa selalu dipertanyakan karena tidak ada bukti ilmiah

Kesadaran makhluk hidup itu nyata, tetapi apakah ini masalah takdir?

Hipotesis tentang jiwa telah mengakar kuat, bertahan dari peradaban ke peradaban

Jiwa dan kelanjutannya setelah kematian merupakan bagian integral dari sebagian besar agama

Untuk membuktikan hal ini, inkarnasi dan para nabi adalah solusi religius

Namun, sejak gagal sampai sekarang untuk menemukan mata rantai yang hilang dari tubuh dan jiwa

Alasan dari kesadaran tingkat tinggi juga masih belum diketahui

Di galaksi yang tak terbatas, eksplorasi ilmu pengetahuan hanyalah debu kecil

Pertanyaan-pertanyaan terkait tentang jiwa dan kesadaran, jawaban sains harus

Jika tidak, dalam domain waktu, banyak hipotesis sains akan berkarat.

Apakah Semua Jiwa Merupakan Bagian dari Paket yang Sama?

Apakah jiwa-jiwa dari makhluk hidup yang berbeda merupakan bagian dari paket perangkat lunak yang sama?

Setiap jiwa memiliki keterikatan kuantum, tetapi dengan muatan yang berbeda

Melalui evolusi juga, semua makhluk hidup memiliki ikatan ekologis

Banyak spesies yang punah, karena seiring berjalannya waktu, mereka tidak berkembang

Manusia, yang menyatakan diri sebagai hewan tertinggi, kini mencari penyelamatan.

Namun, hubungan antara perangkat lunak dan perangkat keras kehidupan hilang

Ilmu pengetahuan, agama, dan filsafat memiliki pemikiran uniknya masing-masing

Tidak ada yang dapat membuktikan secara meyakinkan bahwa hipotesis mereka benar

Ketika pikiran yang ingin tahu mengajukan pertanyaan yang sulit, semua orang menarik diri

Dalam hal hubungan jiwa dan raga, hingga saat ini, agama memiliki dampak yang lebih besar.

Nukleus

Tanpa nukleus, tidak ada atom yang dapat terbentuk atau ada sebagai atom

Partikel-partikel fundamental itu sendiri tidak dapat terbentuk menjadi materi

Benda-benda di alam semesta mungkin memiliki hipotesis untuk menjelaskan dengan lebih baik

Tata surya tidak dapat ada dan berlanjut tanpa matahari

Satelit-satelit juga merupakan kekuatan penyeimbang, dan bukan untuk kesenangan manusia

Tanpa inti pusat dengan energi yang luar biasa, alam semesta tidak akan teratur

Apakah itu Tuhan atau sesuatu yang lain, fisika harus menggali lebih jauh

Jarak antara bintang dan galaksi berada di luar jangkauan roket kita

Sampai saat ini untuk menjelajahi setiap sudut galaksi kita berada di luar jangkauan kita

Namun, banyak orang yang siap untuk pergi ke luar angkasa selamanya, dengan membeli tiket yang mahal

Keingintahuan dan dorongan untuk mengetahui hal-hal yang tidak diketahui adalah peradaban

Dengan teknologi kuantum, eksplorasi ruang angkasa akan mendapatkan momentum

Sampai kita menemukan inti utama atau kebenaran di balik ikatan bintang-bintang

Biarkan orang-orang bahagia dengan keyakinan dan doa-doa mereka.

Di luar Fisika

Di luar dunia fisika yang aneh, dunia biologi

Kombinasi atom-atom membentuk molekul protein

Virus dan organisme uniseluler muncul

DNA pembawa informasi memulai proses evolusi

Keterkaitan antara fisika dan biologi dapat memberikan solusi yang mendasar

Rekayasa balik melalui genetika dapat menjelaskan bagaimana kehidupan bisa terjadi

Bagi Tuhan yang mahakuasa, mungkin tidak ada apa pun di dalam permainan

Di luar fisika, ada cinta, kemanusiaan, dan keibuan yang memberikan kehidupan baru

Seperti kombinasi proton dan elektron, kita memiliki suami dan istri

Misteri penciptaan akan terus berlanjut bahkan setelah mekanika kuantum

Beberapa fisikawan akan memberi kita gagasan baru tentang keberadaan dengan hipotesis baru

Kehidupan akan terus bersaing dengan kecerdasan buatan dan perang

Manusia mungkin tidak akan menemukan alasan keberadaan mereka, tetapi akan menjajah bintang-bintang.

Ilmu Pengetahuan dan Agama

Sains tidak pernah merujuk pada teks agama untuk membuktikan teorinya

Teori dan hipotesis ilmiah tidak didasarkan pada ingatan

Teks agama pada tahap awal peradaban diwariskan secara turun-temurun

Teks-teks tersebut selalu berusaha mendapatkan konfirmasi dari sains

Jika Tuhan memiliki eksistensi di galaksi lain, teks agama bukan versinya

Untuk membuktikannya dengan konfirmasi, para pemimpin agama tidak memiliki solusi

Seringkali, mereka merujuk sepotong ayat untuk membuktikannya berdasarkan sains

Tapi tidak ada referensi matematis dari hukum-hukum dasar untuk membela diri

Para nabi dan pemimpin agama bukanlah penemu teori-teori ilmiah

Kemiripan dengan alam dan hukum alam hanyalah konsekuensi

Agama dan sains dapat menjadi dua sisi dari koin yang disebut kehidupan

Namun ketika sampai di laboratorium atau uji fisik, agama-agama akan bergeser.

Agama dan Multiverse

Di mana pun Anda berada, berbahagialah dan hiduplah dengan damai

Ini adalah pandangan sebagian besar agama tentang jiwa

Apakah itu berarti bahwa agama-agama mengetahui tentang alam semesta paralel

Atau ini adalah cara termudah untuk menyendiri bagi orang-orang yang dekat dan tersayang

Konsep beberapa alam semesta melekat pada beberapa agama

Tapi itu di luar keterikatan kuantum dan resolusi spesifik

Bahkan konsep alam semesta paralel masa kini pun tidak memiliki arah

Fisika seperti masuk lebih dalam ke dalam atom dan partikel-partikel fundamental

Alih-alih menjadi spesifik, menjadi filosofis dengan rintangan

Bahkan dalam ukuran alam semesta yang lebih besar, konstanta kosmologis berbeda

Kemudian seluruh teori atau hipotesis mulai diragukan dan menderita

Agama adalah masalah keyakinan dan orang yang beriman tidak pernah meminta bukti

Bahkan pikiran yang paling ilmiah dan rasional sekalipun tidak pernah mengatakan bahwa pandangan itu salah.

Masa Depan Ilmu Pengetahuan dan Multiverse

Ketika orang meninggal, kerabat berkata, hiduplah dengan tenang, di mana pun Anda berada

Pandangan religius ini mengakar kuat dalam masyarakat dan meluas terlalu jauh

Orang-orang mendapatkan kenyamanan dari rasa sakit karena kepergian dan mencoba menyembuhkan bekas luka

Mayoritas dari orang-orang tersebut tidak menyadari keterikatan kuantum

Apakah multiverse itu ada atau tidak, bagi mereka sama sekali tidak penting

Seperti setiap hewan, manusia juga takut mati dan meninggalkan dunia

Jadi, konsep hidup di galaksi lain mungkin telah terungkap

Mungkin juga peradaban kita lebih tua dari yang dikatakan oleh bukti.

Jutaan tahun yang lalu, beberapa makhluk canggih mungkin telah berada di sini dalam perjalanan

Orang-orang dari dunia mungkin telah berinteraksi dengan makhluk-makhluk itu

Setelah mereka pergi ke tempat tujuan, manusia mulai melakukan doa-doa

Keberadaan alam semesta lain datang dari mulut ke mulut

Dalam jangka panjang, keberadaan kehidupan di alam semesta lain menjadi kuat

Fisika sekarang memiliki hipotesis tentang multiverse untuk menjelaskan alam

Jika multiverse benar-benar ada di galaksi lain, maka akan berbeda pula masa depan sains.

Lebah madu

Di dunia, mayoritas manusia hidup seperti lebah madu

Jika Anda melihat dari atas, bangunan-bangunan besar itu adalah pohon

Dalam komunitas tempat tinggal mereka, mereka tidak memiliki identitas

Namun seperti lebah sarang, semua orang tinggal di rumah mereka dengan solidaritas

Mereka bekerja dan bekerja untuk keturunan mereka, tanpa istirahat

Selalu berusaha memberikan yang terbaik bagi anak-anak mereka

Seperti lebah madu hanya pada malam hari, mereka beristirahat

Suatu hari kaki mereka menjadi lemah untuk berjalan dan tangan untuk bekerja

Pada saat itu, anak-anak mereka menjadi dewasa dan mulai bergoyang

Di panti jompo atau rumah sakit jiwa, tubuh yang tidak normal dikunci

Semua orang lupa, pada suatu ketika, betapa kerasnya mereka bekerja

Seperti lebah madu, mereka juga jatuh ke tanah, tidak ada yang memperhatikan

Tetapi selama hari-hari yang lebih hijau, untuk menikmati hidup, beberapa orang tidak dapat Anda yakinkan.

Hasil yang sama

Mekanika kuantum tidak pernah membedakan antara optimis dan pesimis

Perbedaannya mungkin karena probabilitas atau keterikatan kuantum

Orang yang optimis dan pesimis adalah dua sisi dari satu mata uang yang sama di dunia

Namun, dalam kehidupan sehari-hari, dengan cara yang berbeda, mereka terungkap secara berbeda

Dalam permainan kriket dan sepak bola, Anda bisa menang bahkan setelah kehilangan lemparan

Dengan pesimisme, orang tersebut dapat menang dalam jangka panjang, dengan berkat salib

Optimisme tidak menjamin kesuksesan dan kebahagiaan sepanjang hidup

Bagi banyak orang optimis dalam jangka panjang, optimisme tetap hanya sebagai hype

Orang pesimis mati hanya sekali, itu pun dengan bahagia tanpa penyesalan atas kegagalan

Orang optimis mati beberapa kali setelah setiap mimpi tergelincir, pastikan

Untuk optimis atau pesimis, satu-satunya cara adalah melanjutkan dan menyelesaikan permainan

Terlepas dari kehendak bebas, kerja keras, keterikatan kuantum akan memberikan hasil yang sama.

Sesuatu Dan Tidak Ada

Sesuatu dan tidak ada, tidak ada, dan sesuatu

Tuhan, tidak ada Tuhan, tidak ada Tuhan, Tuhan lebih membingungkan daripada telur versus ayam

Dentuman besar atau tidak ada awal, tidak ada akhir, hanya perluasan dan perluasan

Energi gelap atau tidak ada energi gelap, alam semesta mengembang atau hanya fatamorgana

Antimateri dan partikel fundamental memiliki peran dan ukurannya masing-masing

Hukum fisika dirumuskan terlebih dahulu, atau alam semesta yang lebih dulu ada

Juga merupakan pertanyaan serius seperti sesuatu dan tidak ada, tidak boleh berkarat

Untuk mengetahui alam dan alam semesta, setiap pertanyaan harus memiliki jawaban

Bagaimana integrasi fisika, biologi, kimia, matematika yang harus dilakukan

Emosi dan kesadaran manusia juga memiliki jalan yang berbeda

Tidak pasti juga apakah tabel, teori segala sesuatu dapat berubah

Di antaranya, agama-agama memiliki kekuatan untuk memaksa dunia terbakar

Bahkan setelah pengurutan genom dan mengetahui keterikatan kuantum

Orang-orang senang dan puas untuk berlangganan penyelesaian agama

Karena fisika masih jauh untuk memutuskan sesuatu atau tidak sama sekali.

Puisi Yang Terbaik

Puisi ilmiah terbaik yang pernah ditulis adalah tentang massa dan energi

Hal ini membuat ruang, waktu, massa, dan energi dapat dijelaskan secara sinergis

E sama dengan m c kuadrat mengubah banyak hal dalam fisika selamanya

Popularitas hukum sains apa pun, seperti hubungan energi materi, jarang terjadi

Bahkan hukum gerak Newton tetap tertinggal dalam hal popularitas

Dualitas materi-energi menghancurkan kekuasaan fisika klasik

Ini membuka dunia teori kuantum dan mekanika yang tidak diketahui

Puisi yang menjelaskan sebagian besar dunia kita yang terlihat adalah persamaan energi materi

Teori relativitas memberikan banyak solusi untuk hal-hal yang tidak dapat dijelaskan

Gravitasi, gaya elektro-magnetik, gaya nuklir kuat dan lemah tidak terlihat

Namun penerapannya dalam bidang teknik, membuat dunia modern ini menjadi mungkin

Dalam menjelaskan alam, filsafat, puisi, dan fisika saling melengkapi.

Beruban Rambut Anda

Uban dan usia tua bukan berarti pengetahuan dan kebijaksanaan

Bahkan di ujung kehidupan setelah usia delapan puluh tahun, banyak orang yang hidup dalam kerajaan kebodohan

Mayoritas orang tidak belajar dari pengalaman dan masa lalu

Jadi, ketidakdewasaan dan kebodohan mereka terus berlanjut sampai nafas terakhir

Memiliki gelar dan kekayaan tidak dapat membuat seseorang menjadi seorang pria sejati

Tanpa nilai-nilai dan perasaan di dalam hati, Anda hanya bisa menjadi seorang salesman

Pengetahuan dan kebijaksanaan dengan nilai-nilai akan membuat Anda menjadi baik secara intrinsik

Bahkan dengan orang yang paling miskin sekalipun, Anda tidak boleh bersikap kasar

Manusia jujur yang berbasis nilai sekarang lebih dibutuhkan di masyarakat

Kita tidak membutuhkan para profesional dan berpendidikan dengan mentalitas korup.

Manusia yang tidak stabil

Mayoritas manusia tidak stabil dan memiliki masalah kesehatan mental

Perilaku anak muda yang sulit diatur, elektron mungkin memiliki petunjuk

Fisika dapat menjelaskan kepada kita, mengapa langit tidak nyata tapi terlihat biru

Bahkan sekarang, obat-obatan tidak dapat menyembuhkan dengan cepat, pilek dan flu musiman

Mengapa beberapa virus masih tak terkalahkan, baik fisika maupun dokter tidak memiliki jawabannya

Prediksi cuaca dan curah hujan yang sempurna sangat terbatas dan langka

Dalam kehidupan manusia, otak memancarkan miliaran neutron untuk menunjukkan emosi

Tapi ke arah mana ia akan bergerak, tidak ada fisikawan yang bisa memberikan prediksi yang tepat

Probabilitas kuantum dari setiap momen di masa depan tidak terbatas

Setiap saat, dalam kecelakaan apa pun, dokter terbaik pun bisa terbunuh.

Biarkan Puisi Menjadi Sederhana Seperti Fisika

Mengapa puisi tidak bisa sesederhana matematika dan fisika

Kebenaran selalu sederhana, jelas, dan tidak membutuhkan kata-kata yang sulit

Puisi tidak perlu sulit di luar pemahaman orang awam

Puisi bukan hanya untuk kelas elit untuk mengetahui tentang ekspresi batin

Seperti hukum gerak planet, puisi harus sederhana dan indah

Puisi harus mampu menanamkan nilai-nilai kemanusiaan yang lebih baik untuk membuat hidup lebih ceria

Hukum-hukum Newton begitu mudah dan sederhana untuk dipahami

Seluruh gerakan planet, dengan cara yang sederhana, dapat kita ketahui

E sama dengan m c kuadrat menjelaskan dualitas energi materi, tanpa kerumitan

Fisika dan puisi dapat dengan mudah berjalan bersama untuk membuat hidup lebih baik

Kata-kata yang sulit dan hanya dengan makna batin, puisi tidak akan menjadi lebih kuat

Tidak ada definisi puisi, tidak ada batasnya seperti galaksi di luar bimasakti

Tentang matematika dan fisika, puisi sederhana dapat dengan mudah dikatakan.

Max Planck The Great

Mekanika kuantum berevolusi segera setelah penciptaan alam semesta

Perilaku partikel-partikel dasar tidak stabil, acak, dan beragam

Dengan cepat, elektron, proton, neutron, foton muncul pada waktunya

Tidak ada yang tahu dari mana datangnya percikan dan gaya awal yang dibutuhkan

Selama miliaran tahun, singularitas yang teratur berubah menjadi kekacauan yang meningkatkan entropi

Apakah alam semesta, materi, dan energi merupakan prototipe baru dari salinan lama?

Max Planck menemukan teori kuantum, setelah homo sapiens datang ke bumi

Fisika modern dan mekanika kuantum, penemuannya melahirkan

Meskipun manusia datang ke dunia melalui proses evolusi

Elektron, proton, neutron tidak pernah mengalami evolusi, fisika tidak memiliki solusi

Masih terlalu banyak mata rantai yang hilang dalam menjelaskan, dari mana energi materi berasal

Dalam penciptaan alam semesta, fisika dan evolusi bukanlah satu-satunya permainan.

Pentingnya Pengamat

Dahulu dunia dikuasai oleh dinosaurus dan reptil lainnya

Karena evolusi dan seleksi alam, beberapa mulai terbang

Spesies yang pintar dan lesu tetap tinggal di lautan dan samudra

Selama masa keemasan dinosaurus, bumi bergerak mengelilingi matahari

Bunga matahari mengetahui matahari terbit dan terbenam dan karenanya berubah

Tidak ada makhluk hidup yang peduli dengan rotasi dan revolusi bumi

Bahkan dalam navigasi, burung-burung yang bermigrasi sangat akurat dan sangat cerdas

Selama ribuan tahun, bahkan homo sapiens tidak tahu revolusi

Sampai Galileo yang cerdas memberi dunia sebuah postulasi radikal yang mengejutkan

Hewan tidak menentang teori rotasi dan revolusi

Tapi sesama homo sapiens menentang Galileo dan teorinya dengan gigih

Galileo dipenjara karena berpikir secara berbeda dan menentang kepercayaan lama

Namun sebagai pertanda kebenaran, ia menegaskan teorinya dan mencoba melawan

Kata-katanya 'bagaimanapun juga ia bergerak' menunjukkan pentingnya pengamat

Hanya pengamat dengan pengetahuan dan imajinasi yang dapat mengubah dunia selamanya

Relativitas sudah ada sejak awal tata surya kita

Einstein melakukan pengamatan dan menjadikannya sebagai hal baru dalam fisika

Pentingnya pengamat sekarang dibuktikan melalui keterikatan kuantum

Namun, realitas adalah diskontinuitas yang terus menerus dan bahkan alam semesta tidaklah permanen.

Kami Tidak Tahu

Apakah kematian adalah runtuhnya fungsi gelombang manusia?

Tumpukan proton, neutron, dan elektron membutuhkan waktu untuk meluruh

Apakah keterikatan kuantum dari partikel-partikel fundamental terus berlanjut di alam kubur?

Kita tidak memiliki jawaban dalam teori medan kuantum atau mekanika kuantum

Satu-satunya harapan adalah, menunggu sampai teori segala sesuatu menjelaskannya

Bahkan kemudian tidak ada yang tahu apakah, di bawah kubur itu akan cocok

Dalam domain waktu, teori-teori baru, hipotesis akan datang dan pergi

Kemajuan teknologi sekarang tidak akan pernah menjadi lambat

Dengan setiap teori dan hipotesis akan selalu membawa cahaya baru

Namun jawaban untuk beberapa pertanyaan, sains dan filsafat mungkin mengatakan, kita tidak tahu.

Apa yang muncul

Kesadaran, keterikatan kuantum, dan alam semesta paralel sedang muncul

Dentuman besar sebagai awal dari ketiadaan perlahan-lahan menurun

Energi gelap, lubang hitam, dan antimateri tanpa kesimpulan bergetar

Teori dawai dan tepi alam semesta serta perjalanan waktu masih membingungkan

Kecerdasan buatan dan konektivitas otak manusia sangat menarik

Partikel Tuhan tidak menjadi mahakuasa seperti yang kita pikirkan

Setiap saat, perang nuklir dapat meletus, dan peradaban manusia dapat tenggelam

Dengan fisika kuantum, cinta, benci, ego, dan kebutuhan biologis tidak ada hubungannya

Butuh beberapa ribu tahun lagi untuk mencapai kesetaraan gender dan langit menjadi merah muda

Tidak ada yang peduli dengan lingkungan, ekologi dan melihat kedipan mata mereka

Amoralitas manusia dapat mengubah ekosistem makhluk hidup sepenuhnya

Namun, kehidupan manusia akan terus berlanjut dengan keserakahan, ego, kecemburuan, dan harga diri

Gravitasi, kekuatan nuklir, elektromagnetisme akan tetap menjadi hal yang mendasar

Untuk menjaga masyarakat manusia tetap bersama, cinta, seks, dan Tuhan akan tetap berperan

Kemajuan ilmu pengetahuan dan teknologi untuk mencapai exoplanet akan meningkat secara eksponensial.

Eter

Ayah kami mengatakan bahwa mereka mempelajari eter di sekolah dan perguruan tinggi

Tentang eter, ia memiliki banyak informasi dan pengetahuan yang mendalam

Eter memiliki peran penting dalam menjelaskan perambatan cahaya dan gelombang

Eter diasumsikan tidak berbobot dan tidak terdeteksi di alam

Namun teori relativitas dan teori lainnya, menghancurkan masa depannya

Hipotesis eter lenyap dari buku-buku sekolah kita

Untuk buku-buku fisika kita, ayah kita dulu terlihat mengejutkan

Sekarang kita memiliki materi gelap dan energi gelap, eter menjadi sejarah lama

Setelah ratusan tahun, energi gelap dan lubang hitam mungkin memiliki kisah yang sama

Fisika juga berevolusi, seperti evolusi kehidupan di alam semesta

Suatu hari nanti, kepada anak cucu kita, sebagai sebuah cerita, fisika hari ini akan diceritakan.

Kemerdekaan Tidaklah Mutlak

Kemerdekaan tidak mutlak, itu relatif, dibatasi oleh masyarakat, bangsa

Kemerdekaan absolut tidak diinginkan dan dapat menyebabkan kekacauan dan kehancuran

Kehendak bebas juga dibatasi oleh kekuatan alam dan probabilitas kuantum

Untuk melakukan suatu tindakan dengan kehendak bebas, kita hanya bisa berharap karena ada kemungkinan

Bahkan dengan probabilitas rendah, persamaan gelombang dapat runtuh menjadi negatif

Ini karena, segala sesuatu di alam tidak memiliki tolok ukur yang sama

Harapan kita adalah emosi yang kompleks dengan kesadaran dan neuron

Fungsi gelombang dapat runtuh karena pembatasan lingkungan

Ini tidak berarti bahwa kehendak bebas kita tidak akan pernah melihat foton dalam bentuk cahaya

Terkadang hasil atau buahnya menjadi sangat menarik dan terlalu terang

Karena hasil atau buah adalah produk dari waktu di masa depan nama domain

Tujuan dan tugas kita adalah melakukan tindakan terbaik dengan kehendak bebas, serahkan sisanya pada alam.

Evolusi Paksa, Apa yang Akan Terjadi?

Evolusi bergerak maju dari virus ke amuba ke dinosaurus dan spesies lainnya

Dinosaurus yang perkasa punah, tetapi banyak spesies yang bertahan dan bergerak maju

Dalam jangka panjang, homo sapiens muncul dan ibu pertiwi mendapat hadiah terbaik

Meskipun ada mata rantai yang hilang dari laut ke darat dan terbang ke udara, monyet ke manusia

Evolusi terjadi melalui seleksi alam untuk bertahan hidup, untuk menghasilkan manusia di taman Eden

Tidak ada evolusi yang dimulai dari tingkat yang lebih tinggi dan semakin mundur semakin kacau pikirannya

Ini karena entropi alam semesta tidak pernah berkurang dalam domain waktu

Waktu mungkin ilusi dan ada perbedaan yang sangat tipis antara masa lalu, sekarang dan masa depan

Tetapi untuk menjadi lebih baik dan bergerak maju adalah sifat alami dan budaya yang melekat pada alam

Dalam peradaban manusia, api dan roda telah ada sebelum ditemukannya pertanian

Selama jutaan tahun, kelahiran dan kematian adalah bagian dari semua makhluk hidup, baik yang lemah maupun yang kuat

Hanya beberapa pohon, kura-kura, dan ikan paus yang bisa hidup lama dengan nyaman

Para ilmuwan sekarang mengatakan bahwa Keabadian hanya untuk homo sapiens, bukan untuk yang lain

Tidak ada yang tahu apa yang akan terjadi di kerajaan abadi, pada saudara-saudara hewan kita

Akankah para manusia abadi, akan meratapi ayah dan ibu mereka yang telah meninggal?

Die Young

Seratus dua puluh tahun yang diberikan kepada manusia oleh alam adalah waktu yang optimal

Umur panjang ini telah melalui proses seleksi alam

Meningkatkan umur panjang manusia secara artifisial, dapat menyebabkan pengenceran proses alami

Tidak ada yang bisa mengatakan dengan tegas bahwa tidak akan ada kerusakan ekologis

Hanya berkonsentrasi pada homo sapiens, mengabaikan yang lain, imajinasi yang bodoh

Seratus dua puluh tahun sudah cukup untuk menjelajahi dunia saat ini

Pada usia itu, bagi manusia yang tinggal di planet bumi, tidak ada yang tersisa yang tak terhitung

Dia akan mencapai misinya, tujuannya dan mencapai tahap aktualisasi diri

Baginya daripada membeli produk konsumen, yang penting adalah spiritualisme

Saya keseimbangan tubuh dan pikiran, kepergian yang dekat dan tersayang akan mendorong ke skeptisisme

Dunia sekarang adalah tempat kecil untuk perjalanan dan pariwisata untuk menghabiskan waktu

Ketika manusia mengembangkan pemukiman di luar tata surya, lebih banyak usia mungkin baik-baik saja

Relativitas selama perjalanan ke exoplanet dapat membuat mereka tetap muda secara fisik

Untuk menetap di lokasi baru jutaan tahun cahaya, pikiran juga akan tetap kuat

Sampai saat itu lebih baik, cintai, tersenyum, bermain, selamatkan lingkungan, dan mati muda.

Determinisme, Keacakan, dan Kehendak Bebas

Saya mengambil rute pemotretan di persimpangan jalan dengan kehendak bebas

Tapi pohon-pohon tumbang menimpa mobil saya karena badai yang tak terduga

Apakah waktu saya di ranjang rumah sakit selama seminggu sudah ditentukan sebelumnya?

Saya memiliki pilihan untuk melanjutkan perjalanan ke tempat tujuan di jalan raya

Siapa dan mengapa perjalanan saya dihentikan tanpa alasan di tengah jalan?

Dalam kehidupan sehari-hari kita sering bingung, mengapa saya mengambil keputusan tersebut

Seandainya saya mengambil jalan lain, hidup saya akan berada dalam kondisi yang lebih baik

Karena keacakan pikiran, kita mendorong diri kita sendiri ke posisi yang dapat dihindari

Kehendak bebas juga, selalu tidak memberi kita jalan terbaik yang tersedia tanpa gangguan

Bahkan dengan kehendak bebas, apakah prinsip ketidakpastian Heisenberg adalah satu-satunya solusi?

Pengetahuan fisika atau tidak ada pengetahuan, segala sesuatu terjadi sebagaimana adanya

Pengemudi mobil terbaik, terkadang mengalami kecelakaan mobil yang tidak biasa, dan meninggal

Untuk menyelamatkan ibu dan bayi yang baru lahir, dalam operasi caesar, dokter kandungan selalu berusaha

Tetapi secara acak upaya dan pengalaman mereka tidak berhasil untuk seseorang

Alasan kematian ibu yang sehat tidak dapat dijelaskan oleh siapa pun.

Masalah

Masalah ada di mana-mana, dalam diri sendiri, keluarga, daerah, kota, negara, negara bagian, dunia, dan alam semesta

Terkadang dua manusia tidak dapat hidup bersama, perbedaan yang tidak dapat mereka selesaikan

Kadang-kadang dalam sebuah keluarga bersama dengan terlalu banyak orang, masalah yang sulit juga dapat mereka selesaikan

Negara kecil dengan kurang dari satu juta orang bertempur selama bertahun-tahun untuk memisahkan diri yang menewaskan ribuan orang

Negara besar dengan milyaran penduduk, menyelesaikan konflik dan terus maju, menyingkirkan rintangan

Setiap hari kita menemukan jutaan virus dan bakteri, namun kita hidup dengan masalah ini

Kerusakan ekologi dan lingkungan membebani hidup kita, menambah beban tambahan

Namun, kita mengadopsi perubahan, dorongan kita untuk menyelesaikan masalah ini tidak tiba-tiba

Mekanisme penyelesaian konflik dalam DNA dan peradaban manusia sangat relevan

Anehnya dalam masalah perang, ego pikiran manusia membuat konflik menjadi permanen

Keluarga telah hancur, persaudaraan menguap, keserakahan meroket

Namun sebagai bangsa, orang-orang masih menunjukkan kebersamaan dan ikatan yang tak terlihat

Keterikatan kuantum ikut berperan saat terjadi bencana alam di antara musuh

Bangsa-bangsa yang bermusuhan dalam perang, memungkinkan untuk bekerja sama untuk kemanusiaan, tentara mereka yang bertempur

Penyelesaian konflik itu mudah, asalkan para pemimpin menggunakan hati mereka sendiri, bukan boneka.

Kehidupan Membutuhkan Partikel Kecil

Kehidupan tidak mungkin terjadi tanpa foton partikel tanpa bobot

Kehidupan tidak mungkin terjadi tanpa elektron bermuatan negatif

Karbon, hidrogen, oksigen, dan terlalu banyak elemen penting bagi kehidupan

Tanpa evolusi dan keanekaragaman hayati, kehidupan manusia di bumi tidak dapat bertahan

Lingkungan, ekologi, keanekaragaman hayati semuanya rapuh dan seperti sarang lebah

Homo sapiens mengira bahwa mereka adalah raja tata surya

Kita lupa bahwa seperti makhluk hidup lainnya, keberadaan kita juga acak

Terlalu banyak variabel yang dapat menggagalkan gerobak apel kita sebelum kita menyadarinya

Prediksi momentum dan posisi yang tepat tidak mungkin tercapai

Hal-hal yang tidak terduga dan tidak diketahui dapat terjadi tanpa diketahui oleh manusia

Bahkan masa lalu dan masa depan kehidupan kita berada di luar kendali kita

Kehidupan di bumi lebih tidak stabil daripada bensin dan patroli

Cinta, persaudaraan, kebahagiaan, kegembiraan dapat dengan mudah kita buat atau hancurkan

Untuk membuat dunia menjadi tempat yang indah dan surgawi, sedikit rasa sakit yang harus kita ambil

Jika tidak, seperti dinosaurus, dari dunia ini, kita akan dipaksa untuk berkemas.

Rasa Sakit Dan Kesenangan

Kesenangan dan kesakitan adalah dua komponen yang tak terpisahkan dari kehidupan

Relativitas dan keterikatan bekerja di setiap area keberadaan

Rasa sakit pada tubuh dapat diekspresikan melalui ekspresi wajah

Juga, rasa sakit pikiran dapat tercermin dalam tubuh bahkan jika kita bersembunyi

Hubungan pikiran dan tubuh terjalin dengan sangat sempurna untuk kehidupan yang harus dijalani

Tidak ada keberadaan pikiran tanpa tubuh fisik materi

Tetapi tanpa pikiran, tumpukan atom tidak dapat melakukan apa pun di luar dan lebih baik

Persamaan energi materi sangat sederhana tetapi sulit untuk dilakukan

Keterikatan tubuh pikiran mungkin juga merupakan bentuk gelombang yang berbeda

Manifestasi kita melalui keterikatan pikiran dan tubuh juga bersifat acak

Alam mengetahui cara sederhana untuk mengubah materi menjadi energi dan sebaliknya

Itulah sebabnya mengapa bintang-bintang, galaksi, alam semesta dan kita semua ada di planet ini

Mekanisme mengubah materi menjadi energi dan sebaliknya, dalam makhluk hidup sudah melekat

Ketika peradaban manusia mampu menemukan trik sederhana ini

Klorofil untuk fotosintesis akan menjadi bagian dari batu bata genetik kita.

Teori Fisika

Si miskin dan si kaya, si punya dan si tidak punya
Hukum fisika berlaku sama untuk semua
Untuk setiap makhluk hidup, apel akan selalu jatuh
Meskipun pohon apel mungkin pendek atau tinggi
Gravitasi sama untuk semua permainan, baik kriket maupun sepak bola

Keindahan fisika adalah tidak pernah membeda-bedakan
Tidak seperti aturan hukum, yang selalu mencoba untuk membedakan
Alam itu sederhana, begitu juga hukum alam, fisika hanya menjelaskan
Betapa sederhananya, otak manusia dapat memahami adalah logika yang utama
Untuk memahami hukum alam, kita perlu melatih otak kita

Sebagian besar hipotesis fisika diturunkan terlebih dahulu melalui perhitungan
Sehingga untuk beberapa fenomena alam, kita bisa mendapatkan penjelasan yang mudah
Teori-teori ketika diuji dengan eksperimen dan terbukti salah
Teori-teori itu dibuang dari peradaban manusia selama ini
Teori-teori yang benar bertahan dalam ujian eksperimen dan menjadi kuat.

Apapun yang Terjadi Telah Terjadi

Terlepas dari kehendak bebas kita, banyak hal terjadi secara berbeda

Apa pun yang terjadi, kita tidak punya pilihan untuk mengubahnya

Hal-hal atau insiden terjadi, ketika itu harus terjadi

Kita tidak punya pilihan lain, selain menerima kenyataan

Hingga saat ini teknologi tidak dapat membawa kita kembali ke masa lalu

Fisika mengatakan, tidak ada perbedaan antara masa lalu, sekarang dan masa depan

Dalam ketiga domain tersebut, waktu memiliki karakteristik dan sifat yang sama

Tapi otak kita terhubung dengan kecepatan cahaya di cakrawala kejadian

Ilusi yang disebut waktu, hanya dapat menentukan posisi kita sesaat

Ini mungkin juga menjadi alasan, mengapa banyak agama berpikir, hidup adalah ilusi

Baik mekanika klasik maupun mekanika kuantum tidak memiliki penjelasan

Mengapa dua manusia dengan kode DNA yang sama memiliki ekspresi emosi yang berbeda

Jika waktu adalah ilusi dan kita hidup dalam hologram tiga dimensi

Lalu bagaimana dan siapa yang membuat pemrograman sebesar itu adalah pertanyaannya

Namun kenyataannya, untuk memaksakan kehendak bebas kita agar terjadi, kita tidak memiliki solusi.

Mengapa Emosi Bersifat Simetris?

Miskin atau kaya, sukses atau tidak sukses, semuanya adalah tumpukan partikel-partikel fundamental

Atom-atom di dalam tubuh raja-raja yang perkasa tidak berbeda dengan rakyatnya

Emosi membawa sukacita, kebahagiaan dan air mata yang sama tanpa memandang ras

Ketika Yesus disalibkan, rasa sakit pada tubuhnya tidak berbeda dengan orang lain

Tidak ada yang tahu, atas nama agama, bangsa, mengapa kita membunuh orang lain

Bahkan emosi pada hewan juga memiliki pola yang sama dan simetris

Ketika manusia membunuh mereka untuk kesenangan, emosi manusia tidak bersifat intelektual

Manusia tidak pernah berpikir bahwa segala sesuatu di alam semesta terbuat dari bahan yang sama

Itulah mengapa penyaliban Yesus penting, dan bagi peradaban bukanlah hal yang sepele

Untuk eksistensi kehidupan manusia, emosi seperti cinta, benci, marah haruslah rasional

Ketika kita melupakan simetri kehidupan dan tidak merasakan penderitaan orang lain

Pengorbanan Yesus akan sia-sia, dan hidup kita akan menjadi gila

Moralitas, etika, kemanusiaan semua akan runtuh jika partikel menjadi tidak simetris

Semua teori fisika, filsafat dan ilmu pengetahuan akan menjadi hipotetis

Untuk keberadaan makhluk hidup di dunia ini, bukan kesamaan, simetri sangat penting.

Dalam Kegelapan yang Mendalam, Kami Juga Melangkah Maju

Ketika aku memasuki kegelapan hidup yang dalam
Saya mencoba untuk memperkuat cengkeraman saya
Jalannya terlalu licin untuk dilalui
Tongkat saya lebih penting daripada doa-doa saya
Namun, doa-doa menunjukkan jalan seperti kunang-kunang
Untuk maju, setiap malam aku mencoba
Malam tak akan pernah menjadi siang
Itu adalah hukum alam.
Dalam kegelapan, saya harus melangkah lebih jauh
Ketakutan akan cedera karena jatuh adalah hal yang wajar
Melompat dari tebing untuk mengakhiri perjalanan adalah hal yang tidak normal
Kita adalah budak dari kode genetik dan naluri
Untuk terus maju dan hidup bahkan dalam kegelapan adalah dasar
Jadi, saya terus berjalan, saya tidak tahu tujuan saya
Tapi tetap statis dalam kegelapan bukanlah solusi.

Permainan Eksistensi

Keseimbangan dinamis antara pengamat dan partikel-partikel fundamental itu penting

Bagi hewan tingkat rendah, tanpa penglihatan mata dan reproduksi seksual, alam semesta yang berbeda ada

Mereka tidak menyadari keindahan yang beragam dari dunia yang indah, meskipun mereka memiliki mekanisme sensorik

Untuk dunia dan galaksi, makhluk hidup tingkat rendah mungkin memiliki asumsi yang berbeda

Tapi mereka juga pengamat di alam semesta, percobaan celah ganda membuktikannya tanpa diragukan lagi

Bahkan di antara manusia dengan kebutaan, akan memiliki persepsi yang berbeda tentang dunia

Hanya dengan imajinasi mereka sendiri dan mendengarkan orang lain, alam semesta akan terungkap

Orang tuli yang tidak memiliki alat bantu dengar di masa lalu, mungkin akan berpikir bahwa dunia ini sunyi

Kisah kunjungan gajah oleh enam orang buta bukan hanya sekedar cerita, tapi sangat relevan

Segala sesuatu di dunia yang terlihat dan tak terlihat secara aneh terhubung melalui keterikatan kuantum

Bagi saya alam semesta tidak memiliki eksistensi setelah saya mati, bagi nenek moyang kita, alam semesta sudah tidak ada

Pengamatan juga merupakan proses dua arah untuk keberadaan ruang, waktu, materi dan energi

Tanpa saya, bagi saya, apakah alam semesta mengembang atau menyusut bahkan tidak ada akibatnya

Betapapun kecilnya aku, alam semesta juga dapat mengamatiku selama aku ada di wilayahnya

Setelah kepergianku, apakah alam semesta ada untukku, atau aku ada untuk alam semesta, sama saja.

Seleksi Alam Dan Evolusi

Seleksi alam dan evolusi selalu untuk optimalisasi dan mencapai yang terbaik

Namun setelah evolusi homo sapiens, tampaknya alam beristirahat panjang

Teknologi untuk menghancurkan dan membangun dirancang dan dikembangkan oleh manusia

Kita sekarang telah merekayasa makanan secara genetik untuk menghilangkan rasa lapar, tetapi flu burung memaksa kita untuk menyembelih ayam kita

Teknologi nuklir adalah untuk memasok energi dan juga untuk menghancurkan dunia

Tidak ada yang bisa menjamin bahwa suatu hari tombol nuklir tidak akan terbuka

Alam bisa dengan mudah membuat kepala manusia simetris, dengan empat mata dan empat tangan

Kemudian penikaman Brutus, selamanya dari peradaban manusia, akan hilang

Mungkin satu kepala dengan dua mata dan dua tangan adalah tingkat optimum tertinggi dari alam

Perkembangan lebih lanjut dari struktur fisiologis manusia tidak didukung oleh alam

Apakah para insinyur genetika dan kecerdasan buatan harus melakukannya atau tidak, sekarang menjadi pertanyaan etis

Namun, jika kita menyimpan kucing Schrödinger di dalam kotak, bagaimana umat manusia akan mendapatkan solusi yang logis?

Kode Fisika dan DNA

Bagaimana fisika dan mekanika kuantum akan menjelaskan moralitas dan etika

Keduanya penting dalam kehidupan manusia, dan ekspresi emosi adalah hal yang mendasar

Tanpa moralitas, etika, kejujuran, peradaban persaudaraan tidak mungkin terjadi

Kehidupan manusia dalam orbit kuantum acak akan menjadi bencana dan mengerikan

Kekuatan akan menjadi benar, dan untuk menghentikan pembunuhan orang, hanya dengan hukum, tidak mungkin dilakukan

Kehidupan manusia lebih kompleks daripada yang dapat kita asumsikan dan jelaskan melalui biologi

Tidak ada sejarah yang tersedia dalam kitab suci mana pun, bagaimana kita menjadi manusia dari monyet, dengan kronologi

Namun, kita masih berada dalam kegelapan untuk menemukan obat pencegahan dan penyembuhan kanker

Dapatkah genetika dan kecerdasan buatan akan menghapus semua penyakit dari dunia selamanya?

Ketika kita bergerak menuju kebenaran realitas semakin jauh, lebih banyak pertanyaan daripada jawaban

Ketidakpastian hidup telah tertulis, kode ketakutan dan takhayul dalam DNA kita

Alasan kelahiran dan kematian, dalam teori ilmiah, tidak ada solusi yang terbukti

Terhadap kekuatan supranatural, prinsip ketidakpastian justru memperkuat keyakinan

Tidak ada alternatif lain selain mendayung dengan keyakinan kita bersama dengan teori-teori fisika

Tanpa persamaan Tuhan yang terbukti dapat mengubah kode DNA, agama akan terus berkembang.

Apakah Realitas itu?

Apakah realitas hanyalah dunia materi, yang dapat kita lihat dan rasakan dengan organ tubuh kita?

Atau hanya ilusi (Maya) seperti yang dijelaskan oleh agama-agama

Apakah fisika kuantum dan partikel-partikel fundamental adalah pemain yang sebenarnya dalam posisi tersebut?

Lalu bagaimana dengan kesadaran kita dan emosi manusia lainnya

Sekarang, fisika juga mengatakan bahwa di alam semesta kuantum, kita hanya nyata secara lokal;

Tujuan hidup, kesadaran, jiwa, dan Tuhan masih berada di luar jangkauan fisika

Pengalaman dan ajaran peradaban kita, selalu mengembangkan etika kita

Kenyataannya adalah dinamis dan berbeda untuk anak kecil, muda dan orang yang sekarat

Namun, cinta, benci, cemburu, ego, dan emosi lainnya adalah kode genetik

Semua kualitas dan naluri, ajaran dan pengalaman ini juga tidak dapat terkikis

Realitas juga datang dalam paket-paket seperti partikel-partikel kuantum yang tersembunyi

Tanpa kesadaran, ketidaksinambungan, kehidupan di dunia ini tidak mungkin terjadi

Jika realitas adalah ilusi, apakah kita hidup di dunia hologram yang diciptakan oleh seseorang

Ilmu pengetahuan juga sekarang mengatakan, konsep realitas ini tidak sepenuhnya tidak masuk akal

Sampai kita mengkonfirmasi tentang alam semesta paralel, marilah kita hidup di dunia ini dengan cinta, persaudaraan, dan empati.

Kekuatan Lawan

Apakah menjadi bahagia setiap hari adalah tujuan hidup manusia
Atau hanya untuk kenyamanan dan mengurangi rasa sakit yang harus kita perjuangkan
Apakah hidup lebih lama dan mengumpulkan kekayaan adalah tujuan hidup
Atau mencari keindahan dan kebenaran yang harus diusulkan oleh setiap manusia
Tak satu pun dari semua hal itu yang dapat ditentang manusia

Bahkan jika kita meninggalkan kehidupan duniawi dan menjadi seorang bhikkhu
Rasa sakit, penyakit dan penderitaan mungkin datang dan memaksa untuk membunyikan klakson
Bhikkhu dan para pengkhotbah yang tercerahkan juga memiliki rasa lapar
Orang-orang kembali lagi ke kehidupan normal, mengatakan pelepasan keduniawian adalah kesalahan
Tidak ada hujan di bumi tanpa awan dan guntur

Salah satu naluri dasar alam adalah memfasilitasi keragaman
Tanpa keanekaragaman, manusia juga tidak dapat mengharapkan kemakmuran
Dengan proton dan neutron, elektron juga harus bersolidaritas
Semua emosi manusia juga tidak dapat eksis tanpa simetri
Kehidupan dalam tubuh manusia itu misterius dan saling melengkapi.

Pengukuran Waktu

Waktu hanyalah ilusi, sehingga disebut sebagai domain ruang-waktu, untuk mengetahuinya penting

Keberadaan saat ini sangat nominal, tergantung pada pengukuran

Pengukuran dapat berupa detik, mikro-detik, nanodetik atau lebih dari itu

Masa lalu, masa kini, dan masa depan akan tumpang tindih untuk dipahami oleh otak manusia saat ini

Dalam fisika, tidak ada perbedaan antara masa lalu, masa kini, dan masa depan, dan kecepatan adalah penting

Waktu mungkin merupakan sifat alam untuk keseimbangan termodinamika melalui entropi

Atau sebuah proses untuk manifestasi pembusukan, dan kematian melalui keruntuhan fungsi gelombang

Tidak ada waktu untuk tata surya, sebelum planet-planet mulai mengelilingi matahari

Baik materi, maupun energi, atau partikel fundamental, atau gelombang, namun waktu adalah yang paling menyenangkan

Seperti emosi dan naluri dasar makhluk hidup, waktu itu ilusif, namun tampaknya waktu selalu berjalan

Ruang, waktu, gravitasi, kekuatan nuklir, dan elektromagnetisme bercampur dengan sempurna

Pemisahan waktu dalam domain fisik dari sifat-sifat alam lainnya tidak mungkin dilakukan

Sistem pengukuran waktu yang ada saat ini hanyalah tabel waktu buatan manusia

Bahkan relativitas akan menjadi relativitas untuk alam semesta paralel jika benar-benar ada secara fisik

Pemahaman otak dan pengukuran waktu mungkin berbeda sama sekali.

Jangan Menyalin, Kirimkan Tesis Anda Sendiri

Masa lalu, masa kini, dan masa depan semuanya menyatu pada saat kelahiran seperti sebuah atom

Setelah lahir, kehidupan langsung menjadi acak seperti elektron yang mengorbit tidak stabil

Saat kehidupan terus berjalan, ia menjadi seperti gelembung pelangi yang memancarkan warna yang berbeda

Juga, perlahan-lahan bergerak ke lembah kematian, seperti seorang tawanan perang yang kalah

Sekali lagi, masa lalu, masa kini dan masa depan bersatu dan kehidupan berakhir sebagai perintis

Pengamat harus ada untuk mengamati dunia, karena setelah kematian tidak ada arti materi-energi, ruang-waktu.

Untuk membuat hidup menjadi hidup dan signifikan dari saat yang menyatu ke saat yang menyatu adalah yang utama

Segala sesuatu yang tidak penting dan tidak berarti, setelah pengamat pergi

Rasa sakit, kesenangan, ego, kebahagiaan, uang, kekayaan, semuanya akan hilang dan tercabik-cabik

Titik ke titik itu penting, dari kehidupan, cinta, kebahagiaan, kegembiraan dan keceriaan tidak terpisah

Jika hidup adalah getaran saja, seperti yang dijelaskan oleh teori sengatan, seseorang mungkin sedang bermain gitar

Nada yang sama tentu saja, musisi abadi tidak akan bermain untuk kita selamanya

Menarilah dengan nada sesempurna mungkin dan nikmati selama Anda ada

Aliran alami dari peristiwa yang tidak dapat dihindari oleh penari atau hasilnya tidak dapat kita tolak

Ikuti ikigai Anda sendiri dan nikmati alunan nadanya, dan akhirnya serahkan tesis Anda yang luar biasa.

Tujuan Hidup Tidaklah Monolit

Dalam keacakan dan keberadaan partikel-partikel fundamental yang tidak memiliki tujuan

Tidaklah mudah atau sederhana untuk mengetahui tujuan hidup dan pengalaman seseorang

Setiap saat ketika kita mencoba untuk bergerak maju, ada perlawanan internal dan eksternal

Pikiran akan bergerak secara acak seperti elektron, gravitasi akan menarik setiap gerakan

Untuk memenuhi kebutuhan biologis, kita akan sibuk dalam makanan, pakaian, dan tempat tinggal untuk mendapatkan tugas

Adalah baik bahwa nenek moyang kita telah menemukan api, roda, pertanian tanpa menjaga hak cipta

Jika tidak, kemajuan, peradaban tidak akan beragam dan penuh warna, tetapi ketat air

Bahkan selama peradaban lama, beberapa orang khawatir tentang tujuan hidup di luar kebutuhan fisik

Jadi, untuk masyarakat dan umat manusia, mereka mendalilkan hipotesis, filosofi untuk menyeimbangkan keserakahan manusia

Tapi sampai sekarang, selain hidup, ilmu pengetahuan dan filsafat gagal untuk menunjukkan dengan tepat, apa tujuan manusia berkembang biak

Bagi banyak dari kita, tujuan hidup adalah untuk mencari keindahan dan kebenaran untuk menemukan tujuan kita sendiri

Keberadaan kita mungkin hanya ilusi tanpa alasan, tapi cerita kita sendiri, indahnya kita bisa mengarangnya

Pada akhirnya, apakah kita dapat menemukan tujuan kita atau tidak, kita harus mematuhi hukum kematian

Lebih baik berbahagia dan menikmati hidup dengan cinta, amal, dan berkeliling dunia dengan keyakinan Anda sendiri

Tidak ada manusia yang merupakan sebuah pulau, kehidupan manusia berkembang melalui evolusi yang terus menerus, tujuan bukanlah monolit.

Apakah Pohon Memiliki Tujuan?

Apakah pohon yang berdiri sendiri, yang secara intrinsik memiliki kesadaran yang lebih rendah memiliki tujuan?

Tidak dapat bergerak, tidak dapat berbicara, tidak ada emosi seperti cinta, ego atau benci

Satu-satunya kebutuhan adalah makanan untuk hidup, itu pun bahan baku udara, air dan sinar matahari yang didapat secara gratis

Mempersiapkan makanannya sendiri melalui klorofil melalui fotosintesis dan berdiri sebagai pohon

Tidak ada keegoisan, kecuali naluri untuk hidup dan mereproduksi keturunan untuk masa depan

Namun dalam ekosistem, pohon secara keseluruhan memiliki tujuan yang jauh lebih besar untuk hewan lain

Burung-burung dan bahkan serangga mungkin memiliki kesadaran yang lebih tinggi daripada pohon

Namun tanpa pepohonan, burung tidak memiliki makanan atau tempat berlindung atau oksigen yang sangat dibutuhkan untuk bernapas.

Hewan tingkat tinggi, gajah, dengan kumpulan atom yang besar tidak dapat bertahan hidup tanpa hutan

Secara keseluruhan, untuk hidup bersama, di sekitar pepohonan, untuk kelangsungan hidup memungkinkan struktur makhluk hidup lainnya

Kita, homo sapiens, dengan tingkat kesadaran tertinggi sama-sama bergantung pada pohon

Tetapi kesadaran kita memungkinkan kita, sebagai hewan tertinggi, untuk menebang pohon, kita bebas

Dengan kecerdasan dan teknologi, kita mampu membuat ekosistem kita sendiri

Hutan beton dengan ruang oksigen, selalu menjadi tempat berlindung yang lebih disukai dan lebih baik

Dalam evolusi, pohon telah ada sebelum kita, dan jika kita memiliki tujuan, dalam hal ini pohon bukanlah hal yang asing.

Tua Akan Tetap Menjadi Emas

Api, roda, dan listrik, penemuan-penemuan yang mengubah peradaban manusia, masih menjadi yang terpenting

Untuk kualitas hidup yang lebih baik dan kemajuan ilmu pengetahuan, teknologi, dan peradaban, mereka mahakuasa

Untuk peradaban modern, mereka masih seperti oksigen dan air, yang tanpanya kehidupan tidak dapat eksis

Tritunggal peradaban modern, terlepas dari teknologi baru, akan selalu ada

Tanpa listrik, kebutuhan modern, komputer dan smartphone juga akan musnah

Peradaban juga mengikuti jalur evolusi, yang paling penting ditemukan terlebih dahulu

Tapi pentingnya mereka menjadi tidak terlihat seperti udara bagi manusia, meskipun mereka tidak bisa berkarat

Kita merasakan pentingnya api, ketika tabung gas memasak kosong dan tidak ada api

Ketika roda pesawat gagal keluar saat mendarat, ketegangan yang kita rasakan jarang terjadi

Tanpa listrik, seluruh dunia akan berhenti, tanpa komunikasi untuk berbagi

Yang lama adalah emas, berlaku untuk lebih banyak penemuan dan penemuan, tidak penting bagi pikiran kita sekarang

Tapi, pikirkan tentang antibiotik, dan anestesi, yang tanpanya, kesehatan kita saat ini dapat dilakukan dengan cara apa

Komputer dan ponsel pintar sekarang berada di puncak popularitas dan impotensi yang dirasakan

Tapi mereka bukanlah solusi utama dan terbaik untuk peradaban dan umat manusia

Sesuatu yang baru dan unik gadget dan teknologi, cepat atau lambat, para ilmuwan akan menemukannya.

Tantangan Untuk Masa Depan

Sejarah peradaban penuh dengan perang, kehancuran, dan pembunuhan manusia

Namun mengatasi semua situasi buatan manusia, peradaban tidak berhenti

Bencana alam menghancurkan banyak peradaban yang berkembang di masa lalu

Namun, momentum untuk maju dan mencari kualitas hidup yang lebih baik terus berjalan

Ada raja-raja yang jahat, yang membantai jutaan orang, dan juga yang bijaksana seperti raja Salomo

Semua penemuan dan penciptaan dilakukan oleh orang-orang yang berpikir di luar kotak hitam

Suatu hari manusia mampu memberantas banyak penyakit mematikan seperti cacar

Ilmu fisika modern dimulai dengan imajinasi Galileo dan Newton

Imajinasi lebih penting daripada pengetahuan, kata Einstein kepada umat manusia

Untuk mempelajari alam semesta, dengan imajinasi, para ilmuwan menunjukkan komitmen mereka

Seluruh dunia baru fisika kuantum muncul seperti puisi indah yang menjelaskan realitas

Mekanika kuantum juga membuka peradaban manusia, kemungkinan yang tak terhitung banyaknya

Namun, kita masih memiliki lebih banyak pertanyaan daripada jawaban tentang waktu, ruang, dan gravitasi

Orang-orang baru mencitrakan hipotesis baru, teori, dan melakukan eksperimen baru untuk mengetahui alam

Pada saat yang sama, menyeimbangkan ekologi, lingkungan, dan keanekaragaman hayati merupakan tantangan besar di masa depan.

Keindahan Dan Relativitas

Dunia ini indah dengan lautan, gunung, sungai, air terjun, dan banyak lagi

Pepohonan, burung, kupu-kupu, bunga, anak kucing, anak anjing, pelangi ada di alam

Namun keindahan tidaklah mutlak, dan itu tergantung pada orang yang mengamati alam

Perasaan keindahan telah berubah dari generasi ke generasi dan budaya ke budaya

Dan itulah mengapa keindahan itu relatif, dan yang paling penting adalah, harus ada pengamat

Tanpa pengamat dengan kesadaran dan mata untuk melihat dan otak untuk merasakan, keindahan tidak memiliki arti

Bagi manusia juga, keindahan yang belum dijelajahi dan tak terlihat di bawah lautan tidak penting

Menikmati keindahan alam adalah pilihan individu, dan bahkan seorang wanita mungkin lebih cantik bagi seseorang

Ini tidak berarti bahwa homo sapiens jantan sama sekali tidak tampan

Definisi kecantikan untuk pria dan wanita memiliki kuantum yang berbeda.

Keseimbangan Dinamis

Butuh jutaan tahun bagi bumi untuk mencapai keseimbangan dinamis

Sejak awal terbentuknya bumi dan evolusi, alam bergerak seperti pendulum

Ketika iklim dunia mencapai kondisi keseimbangan dinamis dan terus bergerak

Proses evolusi menciptakan hewan cerdas yang disebut manusia

Manusia memulai konsep kemajuan dan kemakmuran mereka sendiri

Pemandangan alam, lingkungan dengan seenaknya mereka buat menjadi kotor

Bukit-bukit dipotong menjadi dataran; badan-badan air menjadi tempat tinggal

Hutan diubah menjadi padang pasir dengan menebang pohon dan tanaman

Sungai-sungai dibendung menjadi danau-danau besar yang menenggelamkan vegetasi

Keseimbangan dinamis dari siklus air mulai mengalami degradasi

Pemanasan global sekarang mendorong iklim menuju perubahan yang tidak stabil

Polusi yang disebabkan oleh manusia sendiri sekarang tidak berada dalam batas toleransi mereka

Banjir, pencairan gletser, badai dingin sekarang menciptakan malapetaka

Untuk mengembalikan keseimbangan dinamis, teknologi baru yang harus dibuka oleh manusia harus dibuka.

No One Can Stop Me

Tidak ada yang bisa menghentikan saya, tidak ada yang bisa mengalihkan perhatian saya

Semangat saya tak tergoyahkan, sikap saya positif

Baik langit maupun cakrawala bukanlah faktor pembatas

Saya sendiri adalah aktor film saya dan juga sutradara

Rintangan datang dan pergi seperti siang dan malam

Tetapi saya tidak pernah menerima kekalahan dalam pertarungan apa pun dalam hidup saya

Terkadang, di atas ring, posisi saya terjepit.

Namun, saya bangkit kembali dengan semua kekuatan dan kekuatan saya

Orang-orang yang pernah menertawakan saya sebagai orang gila dan gila

Mencoba mencari nafkah sehari-hari bahkan sekarang sibuk

Seandainya saya mendengarkan ucapan mereka dan menerima kekalahan

Hari ini, jatuh di atas lumpur, saya akan berkata, itu adalah takdir saya.

Saya Tidak Pernah Mencoba Kesempurnaan, Tetapi Mencoba Untuk Memperbaiki Diri

Saya tidak pernah mencoba untuk menjadi sempurna dalam hal apa pun atau kreasi saya

Kesempurnaan bukanlah sebuah tujuan, melainkan sebuah proses yang berkelanjutan

Tidak ada yang mampu membuat bunga mawar yang lebih baik dari yang alami

Alam juga sedang dalam perjalanan menuju kesempurnaan melalui evolusi

Bahkan setelah miliaran tahun, alam masih terus bergerak untuk menjadi lebih baik;

Ketika kita hanya berkonsentrasi pada kesempurnaan, gerakan kita akan melambat

Fokus kita hanya pada permata di tangan, dan memolesnya menjadi mahkota yang sempurna

Kami melewatkan banyak hal dalam hidup dan juga hutan yang beragam selama perjalanan

Mencari kesempurnaan membuat pandangan kita menjadi sempit dan hidup kita terbatas pada turnamen

Berlatihlah untuk menjadi lebih baik, itu akan membawa kita menuju kesempurnaan tanpa batasan;

Lakukan benchmarking untuk menjadi lebih baik dari yang terbaik, bukan sebagai yang absolut

Perubahan terjadi setiap saat tanpa ada isyarat atau sanjungan

Hukum dan dorongan alam adalah untuk berubah dan membuat hari esok lebih baik

Jika kita mencapai kesempurnaan, perjalanan kita untuk mencari kebenaran dan keindahan akan berakhir

Hidup tidak akan memiliki makna, begitu juga alam semesta akan menjadi berbeda.

Guru

Keterikatan guru dan murid seperti keterikatan kuantum

Hubungan murid dengan guru yang baik bersifat permanen

Rasa hormat berasal dari kepribadian dan kualitas ajaran guru

Apa yang kita pelajari dari seorang guru yang baik, akan tetap ada dalam pikiran dan hati kita selamanya

Pada hari guru, semua guru yang kita cintai dan luar biasa kita kenang

Rasa hormat kepada guru tidak dapat dipaksakan atau dipaksakan kepada siswa

Karakter, perilaku, dan kualitas pengajaran lebih penting

Ketika seorang guru menjadi teman yang membutuhkan masalah emosional dan pribadi

Bagi siswa, sepanjang hidupnya, guru tetap menjadi lambang

Cinta dan rasa hormat adalah proses dua arah, harus ada dalam diri setiap guru.

Kesempurnaan yang Ilusif

Kesempurnaan adalah pengejaran yang sulit, ilusif dan fatamorgana

Jangan mengejar kupu-kupu dan merusak sayapnya

Melakukan hari ini lebih baik dari hari kemarin adalah pendekatan yang mudah

Anda akan mencapai tingkat kesempurnaan yang Anda inginkan pada waktunya

Berlatihlah untuk menuju kesempurnaan, inci demi inci

Penting juga untuk bermain bersama keluarga di pantai

Ini akan menghilangkan sarang laba-laba Anda dan membantu untuk berlatih lebih banyak

Suatu hari, Anda menemukan kupu-kupu yang indah beterbangan di pantai berpasir

Menciptakan hal-hal baru dengan kesempurnaan akan menjadi inti Anda

Orang-orang akan menghargai hasil Anda, akan berdiri di depan pintu Anda.

Tetap Berpegang pada Nilai-Nilai Inti Anda

Saya selalu berpegang teguh pada prinsip dan nilai-nilai inti saya

Jadi, saya tidak menyesali apa yang saya lewatkan atau dapatkan

Kebenaran dan kejujuran, bahkan dalam situasi terburuk sekalipun, tidak pernah saya tinggalkan

Demi komitmen, saya lebih memilih untuk bangkrut

Daripada menipu orang lain melalui cara-cara curang

Kerugian finansial saya sekarang terbukti menjadi keuntungan jangka panjang saya

Kebenaran, kejujuran, dan komitmen menyediakan payung saat hujan

Orang-orang mengambil keuntungan dari kelembutan saya tanpa mengenal saya

Namun dalam jangka panjang, saya tetap berdiri teguh, kegigihan saya adalah kuncinya

Orang-orang datang dan pergi, ketika nilai-nilai saya tidak mendukung mereka

Dengan ketekunan dan senyuman, saya meneruskan dunia saya

Dengan perut kosong, ketika saya tidur di bawah langit tanpa menyalahkan orang lain

Suatu kekuatan yang tak terlihat selalu berdiri di belakangku seperti ayahku

Kejujuran, integritas, kebenaran bukanlah ilmu roket

Kita harus melibatkan mereka sebagai kesadaran dan hati nurani kita

Nilai-nilai yang tidak dapat diukur oleh siapapun, dalam hal uang atau kekayaan

Semua nilai tersebut akan hidup bersama saya, dan juga akan ikut mati bersama saya.

Penemuan Kematian

Apakah penemuan atau penemuan kematian adalah penemuan pertama homo sapiens?

Kematian memiliki arti penting dalam kemajuan peradaban daripada api dan roda

Keterbatasan waktu mendorong manusia untuk berusaha mencapai keabadian

Akhirnya, manusia menyadari bahwa segala upaya untuk menjadi abadi adalah kesia-siaan

Peradaban terus berjalan dan menyadari bahwa kematian adalah realitas yang paling utama;

Buddha, Yesus, dan semua pengkhotbah kebenaran mati seperti orang lain

Mereka juga mengajarkan bahwa segala sesuatu di dunia ini tidak nyata kecuali kematian

Perdamaian dan non-kekerasan lebih penting bagi umat manusia daripada perang

Namun, dari peradaban yang bebas perang, homo sapiens masih jauh

Sekarang, sekali lagi, manusia berusaha untuk keabadian, pindah ke bintang;

Bahkan setelah mengetahui tentang realitas kematian, orang-orang bertengkar

Dengan keabadian, sebagai spesies, bagi manusia tidak mungkin untuk berintegrasi

Dengan senjata nuklir di tangan, orang akan melupakan kematiannya sendiri

Penghancuran setiap makhluk hidup mungkin suatu hari nanti akan menjadi nasib kita

Jutaan tahun setelahnya, beberapa spesies akan sepenuhnya menghapus perang dan kebencian.

Kepercayaan Diri

Kepercayaan diri akan membawa Anda pada harga diri.

Tanpa kepercayaan diri, Anda tidak dapat mewujudkan impian

Dengan kepercayaan diri, pengetahuan dan kebijaksanaan bekerja lebih baik

Kerja keras Anda akan mendorong Anda menuju impian bersama-sama

Mimpi akan menjadi kenyataan ketika Anda bergerak, di masa depan

Kegigihan dan ketekunan datang dengan rasa percaya diri

Dengan tekad yang kuat, Anda dapat dengan mudah mengatasi semua rintangan

Impian Anda akan menjadi lebih besar dan lebih besar

Dalam sikap Anda, dalam setiap langkah, lakukan saja akan memicu

Pola pikir, kinerja, hasil, semuanya akan berubah selamanya.

Kami Tetap Tidak Sopan

Saat kita mundur ke belakang dalam domain waktu
Segalanya tidak sempurna, sangat bagus
Kemunculan homo sapiens adalah sebuah lompatan besar
Setelah itu, ribuan tahun, proses alam yang lambat terus
Kadang-kadang ada beberapa yang terlihat, terdengar bip
Mengharapkan homo sapiens, evolusi untuk orang lain, tidur selamanya
Dunia menjadi wilayah kekuasaan manusia yang cerdas
Untuk kenyamanan dan kesenangan, mereka menemukan banyak hal
Namun proses alam mendorong banyak ras manusia keluar dari cincin
Kekuatan alam tetap berada di luar kendali homo sapiens
Jadi, untuk makan malam kekuatan alam manusia dipaksa untuk mengundurkan diri
Alih-alih mengendalikan kekuatan alam, manusia justru menghancurkan keanekaragaman
Ekologi dan lingkungan kehilangan keindahan dan kemajemukannya
Bahkan pembantaian terhadap sesama homo sapiens adalah hal yang biasa
Perang Salib dan perang dunia terjadi dan menewaskan jutaan orang secara acak
Yesus disalibkan dahulu kala karena mencoba mengajarkan perdamaian dan kebenaran
Namun hingga kini terhadap alam, lingkungan, ekologi dan kemanusiaan, kita tetap kasar.

Mengapa Kita Menjadi Kacau?

Perdamaian, ketenangan, keseragaman, dan satu tatanan dunia tidak mungkin terjadi

Hukum termodinamika adalah alasannya, sangat sederhana

Untuk menuju keteraturan dari alam semesta yang tidak teratur, entropi harus turun

Tapi hukum entropi adalah ilmu salah satu mahkota yang paling penting

Untuk menertibkan partikel-partikel fundamental, waktu harus mundur;

Dalam fisika, tidak ada perbedaan antara masa lalu, sekarang dan masa depan

Semua sama ketika kita melihat ini dari sifat-sifat alam

Saat ini mungkin mili, mikro, atau nanodetik untuk pengukuran

Keberadaan pengamat dalam melakukan pengamatan seperti itu lebih penting

Energi hitam, antimateri, dan banyak dimensi lain yang masih mahakuasa

Tanpa mengetahui semua dimensi, kita dapat menjelaskan alam semesta seperti tirai yang menjelaskan gajah

Tetapi agar kebenaran tertinggi dapat dijelaskan secara sederhana, semua dimensi yang tidak diketahui adalah penting

Probabilitas kuantum juga merupakan probabilitas dalam domain ruang-waktu yang tak terbatas, materi-energi

Jika kita tidak dapat menjelaskan dan memahami semua dimensi yang tak terlihat, bagaimana fisika dapat membawa sinergi

Bahkan jika kita melewati ambang batas kecepatan cahaya untuk bergerak menuju galaksi untuk mengetahui semua

Sebelum kita kembali, tata surya kita mungkin akan runtuh karena kurangnya energi yang dibutuhkan dan jatuh.

Hidup atau Tidak Hidup?

Ilmuwan dan peneliti telah meramalkan keabadian manusia dalam waktu dekat

Dengan kecerdasan buatan, akan ada ledakan teknologi

Untuk rasa sakit fisik dan penderitaan tubuh manusia, tidak akan ada ruang

Hidup akan penuh dengan kesenangan dan kenikmatan tanpa melakukan pekerjaan apa pun

Tidak perlu investasi untuk masa depan di pasar saham spekulatif

Makanan yang disiapkan oleh robot akan memiliki rasa surgawi yang berbeda

Tubuh fisik, olahraga, dan hiburan akan menjadi yang terbaik

Orang tidak akan mengerti perbedaan antara bekerja dan istirahat

Para ilmuwan belum memprediksi berapa usia pensiun

Apa yang akan terjadi pada orang-orang yang sudah memasuki masa pensiun

Tidak ada prediksi tentang emosi manusia seperti cinta, benci, cemburu, dan kemarahan

Apakah akan ada lebih banyak pertengkaran dan pertarungan fisik karena tubuh lebih kuat?

Hidup atau tidak hidup harus diserahkan kepada individu, tidak ada hukum untuk menghentikan kematian

Tetapi bahkan setelah Keabadian, saya yakin, akan ada perpisahan dan tangisan.

Gambar yang lebih besar

Apa peran saya di alam semesta ini dalam gambaran yang lebih besar

Pertanyaan yang sulit tanpa jawaban yang meyakinkan

Menjawab tentang tujuan keberadaan saya lebih sulit

Tidak ada jawaban spesifik dalam sains dan filsafat untuk meyakinkan saya

Saya harus bergerak maju dan mencarinya sendiri sampai akhir

Tidak ada yang akan menemaniku dalam mencari kebenaran

Semua orang, termasuk separuh dari saya yang lebih baik telah memilih rute yang berbeda

Pengalaman dan keyakinan saya, tidak ada yang bisa berubah, saya harus memulai kembali

Tetapi memori otak biologis sulit untuk dihapus dan benar-benar dicabut

Bisa kambuh kapan saja tanpa alasan dan penyebab yang pasti

Kecuali jika keyakinan, pengetahuan, dan kebijaksanaan saya menemukan alasan kehidupan.

Perbesar Cakrawala Anda

Perbesar cakrawala pikiran Anda untuk melihat alam semesta dan kemungkinan yang tak terbatas

Setelah Anda keluar dari kotak hitam dan zona nyaman, Anda dapat melihat realitas

Baik teropong maupun teleskop tidak dapat membantu Anda merasakan alam semesta yang tak terbatas

Kekuatan imajinatif manusia lah yang dapat menanamkan visi di luar cakrawala

Mata hanya bisa melihat sebuah objek, tapi otak hanya bisa menganalisis dengan alasan ilmiah

Jika Anda tidak membiarkan burung beo dalam pikiran Anda keluar dari sangkar pada usia dini

Ia hanya akan mengulang beberapa kata untuk menghibur orang lain di tahap lingkungan sekitar

Saat Anda memperluas pikiran Anda untuk melihat lebih dari sekadar melepas kacamata berwarna, Anda akan kagum

Visi Anda untuk melihat galaksi, komet, dan realitas kehidupan, akan menjadi jelas, hidup Anda dapat Anda kasa

Setelah Anda memiliki kebijaksanaan sejati untuk memahami alam, jejak kaki Anda, masa depan akan terlacak

Memperbesar cakrawala pikiran itu mudah, karena kunci kotak hitam ada di tangan Anda

Singkirkan saja debu-debu ajaran kuno dan prasangka agama dari kunci yang tergeletak di atas pasir

Jika Galileo bisa membuatnya berumur panjang, hidup Anda, Anda dapat dengan mudah berubah, jangan takut untuk menyinggung perasaan

Hidup Anda, kebijaksanaan Anda, jalan Anda tidak ada yang akan mencoba membuat kemerahan atau akan mencoba memahami

Waktu Anda di planet ini terbatas, jadi lebih cepat Anda menyadari, dan bertindaklah dengan baik, jika perlu berikan hidup Anda tikungan.

Aku tahu.

Saya tahu, tidak ada yang boleh menangis, ketika saya mati

Ini tidak berarti; saya harus berhenti mencintai orang lain

Saya tidak lahir atau hidup untuk bekerja demi air mata buaya setelah kematian saya

Sebaliknya, saya akan mencintai orang-orang dan hidup di dalam hati mereka

Kemurahan hati dan pertolongan saya, seseorang akan mengingatnya dalam keheningan

Jadi, berbuat baik kepada orang-orang dan umat manusia adalah prioritas dan kehati-hatian saya

Saya tidak membutuhkan pujian palsu dari orang-orang yang egois demi kepentingan diri sendiri

Lebih baik membantu anjing dan hewan jalanan yang tidak bersalah adalah hal yang sempurna

Mengurangi jejak karbon dan menanam pohon akan memberikan dampak yang lebih baik

Cinta dan amal saya bukan untuk mendapatkan imbalan atau mengharapkan sesuatu

Ini untuk menyebarkan persaudaraan dan lingkungan yang damai untuk dibawa

Untuk menyingkirkan kebencian dan kekerasan dari lingkungan sosial

Tentu saja, suatu hari nanti, mencintai semua orang dan tidak membenci siapa pun akan menjadi raja.

Jangan Mencari Tujuan dan Alasan

Kita datang ke dunia ini tanpa keinginan atau kehendak bebas untuk suatu tujuan

Namun, kelahiran kita memiliki banyak tujuan untuk menjadi anak laki-laki, anak perempuan, saudara perempuan, atau ahli waris

Orang tua, masyarakat menetapkan tujuan kita untuk mempelajari hal-hal yang ditemukan oleh nenek moyang kita

Untuk mencari pengetahuan, keterampilan, dan kebijaksanaan, hidup kita menjadi multiguna

Setelah menikah dan memiliki anak, keluarga inti menjadi alam semesta kita

Selama usia muda, kita tidak punya waktu untuk memikirkan tujuan atau makna hidup

Untuk mencapai hal-hal materi, makan dan tidur nyenyak adalah tujuan terbaik yang layak kita dapatkan

Ketika kita menjadi tua, kita mulai berpikir tentang makna keberadaan kita

Untuk tujuan hidup kita, dan alasan perwujudan, kita tidak mendengar resonansi

Sebagian besar orang meninggal dengan bahagia tanpa mengetahui tujuan dan alasannya

Untuk beberapa pencarian tujuan dan alasan, hidup menjadi fatamorgana atau penjara.

Cinta Alam

Ketika kita semakin menjauhkan diri dari alam

Kita kehilangan banyak realitas dan terlalu banyak harta dalam hidup kita

Apakah hidup di kota dengan AC hanyalah masa depan kita

Kita berusaha menyelamatkan hutan untuk habitat makhluk lain

Tapi menghancurkan alam dan ekologi untuk kesenangan kita

Sejak awal peradaban, manusia hidup dengan alam dengan nyaman

Namun pembangunan gedung-gedung bertingkat, ponsel pintar mengubahnya secara total

Kita mengambil lebih banyak kalori dengan duduk di rumah, dan kemudian membayar ke gym

Makan makanan cepat saji dan tidak sehat, jutaan orang menderita kekurangan kalsium

Apa asyiknya hidup ratusan tahun di kota modern dengan membayar mahal

Kita bekerja terlalu keras untuk mendapatkan kenyamanan dan keamanan di masa tua

Tapi lupakanlah bahwa demi masa depan yang ilusif, kita memanjakan masa kini dalam sangkar

Lebih baik kehidupan kakek buyut kita, yang kita anggap biadab sekarang

Untuk menyeimbangkan kehidupan dengan teknologi modern dan alam membutuhkan keberanian

Hidup dalam keadaan koma selama beberapa dekade bukanlah kehidupan yang nyata, tapi hanya sebuah bagian kosong.

Terlahir Bebas

Ketika kita lahir, kita terlahir bebas tanpa tujuan, cita-cita, misi, dan visi

Untuk setiap gerakan kita, orang tua, keluarga, dan masyarakat memiliki pengaruh yang berbeda

Kesadaran kita muncul dari lingkungan sekitar dan lingkungan tempat kita tinggal

Sistem nilai juga bukan melalui kode genetik, tetapi apa yang diberikan oleh orang tua, guru

Kita dilahirkan bebas, tapi tidak bebas memilih bahasa, keyakinan, agama karena kita dilahirkan dalam sarang

Pikiran kita tumbuh dengan rasa takut, kecurigaan, dan pemikiran yang dibatasi untuk tujuan bersama

Terlalu banyak perpecahan yang mempengaruhi pola pikir kita, dan setiap langkah yang kita ambil harus sesuai dengan panggilan mayoritas

Kita terlahir bebas, tetapi tidak mampu tumbuh bebas karena kekurangan yang melekat untuk bertahan hidup

Homo sapiens secara genetis terprogram untuk memiliki mentalitas kawanan dan menjadi sosial

Dan kehidupan kita atas nama kasta, keyakinan, warna kulit, agama dipaksa untuk menjadi politis

Ketika kita menjadi warga negara yang sudah dewasa, kita bisa memiliki kehendak bebas dengan banyak pilihan jika dan tetapi

Jika kita tidak mengikuti aturan main, apa yang disebut kebebasan kita setiap saat, masyarakat bisa menutupnya

Kita terlahir bebas, tetapi kebebasan kita tidak bebas tanpa batasan, semua orang mengikuti keharusan

Jika Anda melakukan sesuatu yang radikal yang bertentangan dengan kehendak masyarakat dan bangsa Anda, gelembung kebebasan akan meledak

Kebebasan pikiran adalah batas yang kurang dan tak terbatas jika Anda tidak takut dan memiliki kepercayaan diri.

Masa Hidup Kita Selalu Baik-baik Saja

Umur panjang hidup kita selalu baik-baik saja
Asalkan tepat waktu kita mulai bekerja dan makan
Dengan teman-teman selama akhir pekan, kami menikmati dan minum anggur
Gunakan waktu kita sendiri sebagai satu-satunya sumber daya saya
Sebelum mati, pasti kita akan bersinar;
Kita tidak pernah menyadari relativitas, selama masa kuliah kita
Tidak pernah kita punya waktu, tidak pernah mendengarkan apa yang orang tua kita katakan
Kita hanya melihat pelangi di langit bahkan di hari-hari hujan
Begitu kita pensiun setelah usia enam puluh lima tahun dan mulai hidup sendiri
Teori relativitas secara otomatis masuk ke dalam hormon kita;
Kita akan mengatakan hidup ini tidak terlalu singkat dan waktu berjalan sangat cepat
Selamanya di domain planet kesepian, kita tidak akan mau bertahan
Dalam drama yang disebut kehidupan, dengan ketulusan, biarkan peran kita kita mainkan
Kesehatan, organ tubuh, mobilitas, dan pikiran kita akan mulai berkarat
Suatu hari, kita akan dengan senang hati beristirahat di kuburan, mengumpulkan debu.

Aku Tidak Menyesal

Seseorang membenciku, mungkin itu salahku

Seseorang marah padaku, itu mungkin salahku

Tetapi jika seseorang iri dan cemburu padaku

Kesalahannya mungkin bukan salahku, tapi tidak apa-apa

Namun, saya mencintai semua pembenci dan tersenyum pada mereka

Saya tidak pernah merasa superior, tetapi merasa rendah diri adalah kesalahan mereka sendiri

Mereka mencoba melakukan serangan intelektual yang sia-sia

Tetapi tidak untuk membalas dendam dan memaafkan, saya selalu bertekad

Saya tidak bisa menghentikan kemajuan dan gerakan saya untuk menyenangkan orang lain

Itu akan membunuh kreativitas dan semangat saya untuk terus maju selamanya

Jadi, teman-teman terkasih, saya tidak menyesal, saya juga tidak bisa mundur

Saya melakukan apa yang saya cintai untuk umat manusia, bukan untuk penghargaan Anda.

Tidur lebih awal dan bangun lebih awal

Tidur lebih awal dan bangun lebih awal, membuat manusia sehat, kaya, dan bijaksana

Pepatah populer ini bisa jadi benar atau salah, tidak ada data ilmiah yang tepat.

Namun, lima menit awal sangat penting untuk memulai hari ketika jam alarm berbunyi

Sebelum Anda berpikir untuk menunda bangun selama lima menit, pikirkanlah tiga kali

Lima menit akan terasa seperti dua atau tiga jam tanpa keraguan

Karena keterlambatan Anda untuk memulai aktivitas hari itu terlambat, Anda sendiri akan berteriak

Pekerjaan baik hari ini yang seharusnya dilakukan hari ini, harus ditunda untuk besok

Keesokan harinya, lima menit yang sama akan membawa lebih banyak tekanan dan kesedihan bagi Anda

Menit akan perlahan-lahan menjadi hari, minggu, dan bulan akan berlalu dengan lambat

Musim akan datang dan pergi seperti biasa tanpa memberi tahu Anda secara diam-diam

Anda akan merayakan Hari Tahun Baru bersama teman dan orang lain dengan gembira

Lebih baik tidur lebih awal dan bangun lebih awal dan hindari menghentikan alarm dengan anggun.

Hidup Menjadi Sederhana

Hidup menjadi begitu sederhana, makan, berbicara atau berselancar di smartphone

Di mal tersibuk atau jalanan atau tempat makan populer, pemandangan yang sama

Teknologi telah mengubah gaya hidup dan cara berekspresi kita secara total

Namun untuk pergeseran paradigma etis, teknologi tidak memiliki solusi

Manusia menjadi individualis dan berpusat pada diri sendiri

Dalam sebuah peradaban baru, bersama dengan homo sapiens, semua spesies masuk

Kebutuhan energi untuk bergerak melawan gravitasi dan kekuatan lain tetap sama

Kelaparan dan keinginan naluri dasar, sampai sekarang teknologi tidak mampu menjinakkannya

Hidup dan mati, perjuangan untuk bertahan hidup dan kehidupan yang lebih baik, masih merupakan permainan yang sama

Teknologi adalah proses yang terus menerus untuk kehidupan yang sederhana, untuk kekacauan, kita yang harus disalahkan.

Visualisasi Fungsi Gelombang

Dunia partikel kuantum atau partikel elementer sama anehnya dengan alam semesta

Seperti bintang yang jauhnya jutaan tahun cahaya, kita tidak bisa melihat partikel kuantum dengan mata.

Meskipun partikel elementer hadir dalam setiap materi yang dapat kita lihat, rasakan, dan sentuh

Mekanisme otak kita terbatas, dan hanya dapat melihat atau merasakan melalui metode tidak langsung

Konsep keterikatan foton atau elektron juga merupakan pengamatan tidak langsung yang tercatat;

Melalui analogi sepasang sepatu, konsep keterikatan dijelaskan kepada kita

Tetapi ketidakpastian yang melekat yang terkait antara cangkir dan bibir, selalu ada pada partikel

Partikel-partikel digabungkan bersama dengan berbagai cara di alam semesta untuk membentuk materi yang terlihat

Namun, untuk melihat proton, neutron, elektron, dan foton yang indah dengan mata tak berleher tidaklah mungkin

Hanya melalui eksperimen, kita bisa mengetahui sifat-sifat partikel elementer;

Pengetahuan kita tentang bulan atau planet terdekat belum komprehensif dan lengkap

Untuk mengetahui tentang partikel elementer, alam semesta dan jagat raya tidak ada yang bisa menentukan batas waktu

Peradaban pasti akan terus belajar, tidak belajar, dan mempelajari teori dan hipotesis baru

Tetapi untuk mengetahui tentang kesadaran, pikiran dan jiwa adalah untuk manusia, masih bersifat ilusif dan mendasar

Suatu hari, pasti kita akan menemukan runtuhnya fungsi gelombang kesadaran, tidak ada yang bisa membatasi.

Delapan Miliar

Cinta, seks, Tuhan, dan perang menentukan nasib ekosistem peradaban

Lingkungan dan ekologi penting agar iklim berada dalam keseimbangan yang dinamis

Teknologi adalah pedang bermata dua, dapat membangun atau menghancurkan sesuai kebijaksanaan kita

Untuk perkembangan teknologi, cinta, seks, Tuhan, dan perang tidak dapat menjadi penghalang

Tanpa cinta dan seks, proses evolusi akan berhenti tanpa perkembangan

Ramayana, Mahabharata, Perang Salib, perang dunia diceritakan sebagai solusi bedah

Namun hari ini, teknologi memberikan manusia cara-cara baru, kebijaksanaan, dan arah baru

Pada saat yang sama, teknologi mendorong lingkungan dan ekologi menuju kehancuran

Tuhan telah gagal menyatukan umat manusia di atas kasta, keyakinan, warna kulit, batas-batas dan agama

Hanya cinta dan seks yang menyatukan manusia sebagai manusia dan membantu membuat kita menjadi delapan miliar.

Aku.

Keberadaan saya tidak penting bagi dunia, tata surya, dan galaksi kita

Karena aku hanya bisa menyumbang kekacauan dan meningkatkan entropi sistem

Tidak ada cara atau kemungkinan untuk membalikkan kontribusi saya terhadap kekacauan

Penggunaan energi dan materi secara bijaksana selama masa hidup kita dapat kita pertimbangkan

Tidak ada teknologi yang tersedia untuk menyingkirkan hukum termodinamika untuk mengurangi entropi

Satu-satunya hal yang dapat saya lakukan adalah, mengurangi polusi dan jejak karbon saya di planet ini

Saya juga bisa menyebarkan senyum, cinta, dan persaudaraan di antara sesama homo sapiens

Manusia dengan sengaja menghancurkan flora dan fauna di planet yang indah ini

Kami merasa, kami datang ke planet ini untuk mengkonsumsi dan menghancurkan sumber daya alam

Namun, hal ini telah mengubah iklim global dan arah masa depannya secara permanen

Teknologi dapat memberikan kita sumber energi yang berbeda, efisien dan dapat digunakan kembali

Namun, peningkatan entropi suatu hari nanti akan meledak dengan kekuatan yang memusnahkan.

Kenyamanan Itu Memabukkan

Kenyamanan itu memabukkan dan membuat ketagihan

Keinginan akan makanan dan tempat tinggal memang menggoda

Tapi di zona nyaman kita menjadi kurang produktif

Ilmuwan tidak akan pernah bisa menemukan hal-hal baru jika hidup di zona nyaman

Untuk menemukan sesuatu, mereka harus pergi berlayar ke laut dalam sendirian

Keinginan manusia akan makanan, tempat tinggal, dan pakaian membuat mereka tetap berada di daratan

Orang-orang cerdas segera menyadari bahwa migrasi dan momentum adalah intinya

Berani keluar dari kenyamanan dan melompat untuk berenang mengabaikan deru laut

Keinginan untuk mengeksplorasi hal-hal baru dan bereksperimen adalah inti dari penemuan

Peradaban bergerak dan berkembang karena migrasi

Tidak ada tempat yang aman di dunia yang penuh dengan ketidakpastian

Keinginan untuk zona nyaman juga dibatasi oleh probabilitas kuantum.

Kehendak Bebas Dan Tujuan

Apakah tujuan hidup adalah untuk hidup, membiarkan hidup dan berkembang biak

Atau tujuan hidup adalah untuk melindungi kode DNA secara kolektif

Kami memiliki pilihan untuk tidak mereproduksi yang tersisa tunggal

Untuk melindungi kode genetik, harus ada segitiga

Tanpa ayah, ibu dan anak-anak, kode akan melengkung

Kehendak bebas selalu memiliki peran dalam keputusan

Tapi kehendak bebas dikaitkan dengan ketidakpastian dan variabel

Dalam domain masa depan, tujuan kehendak bebas akan lumpuh

Ikuti intuisi Anda dan jalankan saja kehendak Anda adalah aturan yang sederhana

Meskipun kehendak bebas dan tujuan Anda tidak pernah menyatu, tetaplah rendah hati.

Dua Jenis

Hanya ada dua jenis orang di dunia ini yang biasa kami tangani

Orang yang pesimis, tidak memiliki inisiatif untuk bergerak, dan orang yang optimis, selalu bergerak

Yang langsung mengerjakan saja, tanpa berpikir panjang, dan yang menunda-nunda untuk hari esok

Satu tipe dengan sikap positif, dan tipe lainnya dengan sikap negatif

Jika kita terlalu banyak berpikir dan menganalisis tentang hasil, tidak mungkin untuk memulai

Di penghujung hari, dan akhirnya di akhir kehidupan, kosong akan menjadi gerobak kita

Lepaskan jangkar, dan mulailah berlayar tanpa memikirkan badai di masa depan

Jika Anda menunggu langit cerah tanpa batas waktu, Anda tidak akan pernah bisa mencapai ketenaran

Terimalah kenyataan bahwa, hidup hanyalah probabilitas kuantum secara acak.

Mari Menghargai Ilmuwan

Mari kita hargai semua ilmuwan, yang mengungkap dunia kuantum

Kita tidak dapat melihat atau merasakan partikel kuantum dengan alat indera kita

Namun otak kita memiliki kemampuan untuk memahami dan memvisualisasikannya

Ilmu pengetahuan telah menempuh perjalanan panjang untuk mengungkap sifat dan untuk memahami

Namun kita tidak tahu di mana kita berada, apakah titik akhirnya terlalu jauh atau sangat dekat;

Para ilmuwan telah melewati banyak malam tanpa tidur untuk merumuskan hipotesis

Di kemudian hari, banyak di antaranya yang bertahan dalam pengujian yang ketat dan menjadi teori

Kucing Schrödinger sekarang keluar dari kotak dengan lompatan kuantum dan pindah ke alam

Dengan komputer kuantum, para ilmuwan akan mengeksplorasi kemungkinan-kemungkinan baru di masa depan

Kenyataannya masih ilusif untuk otak, pikiran, kesadaran manusia, meskipun kita memasuki budaya baru.

Kehidupan di Luar Air dan Oksigen

Alam semesta tidak terbatas tanpa batas dan masih terus berkembang

Namun terkadang proses berpikir kita tentang kosmos, kita sendiri yang membatasi

Kehidupan mungkin terjadi di luar karbon, oksigen, dan hidrogen di alam semesta yang tak terbatas

Mungkin ada kehidupan dengan kesadaran, yang dapat mengambil energi dari bintang secara langsung

Oksigen dan air harus dibutuhkan untuk kehidupan, di galaksi lain mungkin bukan kenyataan

Bentuk kehidupan yang ada di planet bumi kita mungkin soliter

Namun, jenis kehidupan yang sama yang berjarak miliaran tahun cahaya juga memiliki probabilitas yang baik

Karena alam menyukai keanekaragaman, maka bentuk kehidupan yang berbeda di tempat lain mungkin saja terjadi

Tapi dengan fisika dan biologi kita, jenis kehidupan itu mungkin tidak kompatibel

Kemungkinan penyerapan energi secara langsung oleh makhluk hidup di alam semesta lain adalah hal yang masuk akal

Kita masih berada dalam kegelapan tentang energi gelap dan terbatas pada batas-batas cahaya

Namun, untuk berbagai jenis bentuk kehidupan di galaksi yang jauh, energi gelap bisa jadi sangat terang

Setelah kita melewati batas kecepatan cahaya untuk melakukan perjalanan dengan kecepatan yang kita inginkan

Pencarian exoplanet di galaksi lain akan menjadi sederhana dan adil

Sampai saat itu, ilmu pengetahuan tidak boleh menghakimi dan menghapus lapisan-lapisan lain.

Air dan Tanah

Tiga perempat dari planet bumi kita berada di bawah air
Hanya seperempatnya saja, kita, manusia, hidup di dalamnya.
Dunia di bawah lautan masih belum dijelajahi
Manusia mengeksploitasi sumber daya tanah di luar kemampuannya
Alhamdulillah, masih sulit untuk menjelajahi laut dalam

Lebih mudah dan nyaman untuk menjelajahi angkasa luar
Itulah sebabnya untuk membangun koloni bahkan di bulan, ada perlombaan
Meskipun Gurun Sahara masih misterius bagi peradaban saat ini
Kami lebih khawatir tentang meraih tanah di bulan dan memulai konstruksi
Mayoritas penduduk dunia masih belum memiliki solusi perumahan

Perlu untuk menjelajahi ruang angkasa dan atom terdekat
Tetapi wajib untuk memberikan kesempatan untuk bertahan hidup kepada semua manusia
Peradaban memulai perjalanan dengan cinta demi kemajuan dan kemakmurannya
Namun, keseimbangan antara homo sapiens dan yang lainnya kehilangan integritas
Untuk kelangsungan hidup umat manusia, kita harus menyeimbangkan lingkungan dan ekologi dengan tulus.

Fisika Memiliki Harmonik

Beberapa ribu tahun telah berlalu sejak penemuan pertanian

Para petani masih mengolah tanah mereka dan menanam padi dan gandum

Nelayan tua pergi ke laut untuk menangkap ikan dan menjualnya di pasar

Koboi dan koboi menyanyikan lagu lama yang dipelajari dari kakek

Tidak khawatir tentang kecerdasan buatan atau alien yang mereka dengar

Keterikatan kuantum atau eksoplanet di langit jauh tidak penting bagi mereka

Sebaliknya, kekeringan dan iklim yang tidak menentu menjadi kekhawatiran bagi hasil panen mereka

Penggunaan pupuk kimia yang terus menerus telah mengurangi produktivitas tanah

Ada miliaran orang yang masih bergantung pada air hujan

Curah hujan yang rendah dapat mendorong anak-anak mereka ke dalam kemiskinan dan kelaparan

Namun, ilmu pengetahuan telah bergerak lebih dalam dan lebih dalam lagi untuk mengeksplorasi atom dan galaksi

Sains mengikuti dan mengeksplorasi alam, dan bukan alam yang mengeksplorasi sains

Alam semesta tidak menjadi ada setelah hukum fisika dituliskan

Pengetahuan matematika datang sebagai dasar, dan kita mengetahui dinamika planet

Dalam mengeksplorasi alam melalui fisika, ada banyak kemungkinan terjadinya harmonisasi.

Ilmu Pengetahuan Dalam Ranah Alam

Kita memiliki banyak persamaan matematika dalam fisika untuk menjelaskan alam

Namun, tidak ada persamaan yang dapat menghitung dengan tepat tanggal kematian di masa depan

Beberapa orang mati muda dalam keadaan sehat, dan ada yang mati tua dalam keadaan menyedihkan

Tidak ada persamaan, mengapa upaya dengan kehendak bebas dan kerja keras yang dilakukan membuahkan hasil

Persamaan untuk memprediksi gempa bumi dengan tepat juga tersedia

Prediksi bencana alam dan pandemi juga merupakan probabilitas

Tapi kita membutuhkan persamaan sederhana untuk kecocokan dan keberlanjutan pernikahan

Prediksi ilmiah harus seratus persen akurat tanpa kesalahan

Jika tidak, di antara orang-orang yang lemah, para peramal akan selalu menciptakan kengerian

Sains bukanlah kotak hitam seperti teks agama yang ditulis ribuan tahun yang lalu

Sindrom kotak hitam oleh banyak ilmuwan harus menanggalkan ego mereka

Setiap kemungkinan dan probabilitas harus dieksplorasi untuk mencari kebenaran

Mengatakan suatu kepercayaan dan nilai sebagai takhayul tanpa bukti adalah tindakan yang tidak sopan

Ilmu pengetahuan dalam domain alam dan Tuhan selalu untuk hari esok yang lebih baik dan baik.

Hipotesis dan Hukum yang Berkembang

Hipotesis dan hukum fisika, metafisika berkembang seiring berjalannya waktu

Sebelum Big-Bang, mungkin ada serangkaian hukum yang berbeda untuk mengatur alam semesta

Tapi bagi kami, hukum fisika dan alam hanya ada dalam domain waktu

Waktu bisa berupa ilusi atau bergerak dari masa lalu ke masa kini ke masa depan, penting bagi pengamat

Tanpa domain waktu, kita tidak memiliki makna untuk hukum atau tujuan yang pernah ada

Teknologi mengikuti fisika dengan evolusi untuk kualitas hidup yang lebih baik bagi homo sapiens

Namun bagi makhluk hidup lain di planet bumi, fisika dan teknologi adalah alien

Bahkan tiga perempat, yang hidup di bawah samudera atau lautan, tidak memiliki pengetahuan tentang fisika

Namun mereka hidup dengan nyaman dan bahagia tanpa mengenal matematika

Perjalanan dan kehidupan mereka juga hanya dalam domain waktu tanpa peduli statistik

Kita, makhluk berakal, telah menguasai segala sesuatu di alam ini

Namun dalam proses perkembangan dan kemajuan, untuk alam, kita tidak peduli

Mengetahui kosmologi dan partikel elementer tidak cukup untuk bagian semua orang

Tanpa keseimbangan ekologi dan lingkungan yang kondusif, suatu hari nanti kehidupan manusia akan langka

Biarkan para ilmuwan menyeimbangkan proses evolusi dengan penemuan, untuk semua orang yang adil.

Tentang Penulis

Devajit Bhuyan

DEVAJIT BHUYAN, seorang insinyur listrik yang berprofesi sebagai penyair dan penyair dari hati, mahir dalam menulis puisi dalam bahasa Inggris dan bahasa ibunya, Assam. Ia adalah seorang anggota dari Institusi Insinyur (India), Sekolah Tinggi Staf Administrasi India (ASCI) dan anggota seumur hidup dari "Asam Sahitya Sabha", organisasi sastra tertinggi di Assam, tanah teh, badak dan Bihu. Selama 25 tahun terakhir, ia telah menulis lebih dari 110 buku yang diterbitkan oleh penerbit yang berbeda dalam lebih dari 40 bahasa. Dari buku-buku yang telah diterbitkan, sekitar 40 buku merupakan buku puisi Assam dan 30 buku merupakan puisi dalam bahasa Inggris. Puisi Devajit Bhuyan mencakup segala sesuatu yang ada di planet bumi dan yang terlihat di bawah matahari. Ia telah menulis puisi dari manusia, hewan, bintang, galaksi, lautan, hutan, kemanusiaan, perang, teknologi, mesin, dan segala hal yang abstrak. Untuk mengetahui lebih banyak tentangnya, silakan kunjungi www.devajitbhuyan.com atau lihat saluran YouTube-nya di *@careergurudevajitbhuyan1986*.

www.ingramcontent.com/pod-product-compliance
Lightning Source LLC
LaVergne TN
LVHW041700070526
838199LV00045B/1134
* 9 7 8 9 3 6 0 1 6 9 3 3 6 *